자몽

　　살구

클럽

자몽살구클럽
ⓒ한로로 2025

초판 1쇄 발행 2025년 7월 7일
초판 11쇄 발행 2025년 12월 19일

지은이 | 한로로
편집 | 김원호 김병찬 김태윤
디자인 | henzyn

펴낸곳 | 어센틱
출판등록 | 2025년 5월 15일 제 2025-000137 호
주소 | 서울시 마포구 성미산로 92, 예일빌딩 202호
전자우편 | authentic0627@gmail.com

지은이 인스타그램 | @hanr0r0
펴낸곳 인스타그램 | @label_authentic

ISBN 979-11-993053-0-4 (02810)

*이 책의 판권은 지은이와 어센틱에 있습니다.

자몽

살구

클럽

한
로로

목차

01	**나는 살구 싶나**	08
02	**이보현은 살구 싶다**	43
03	**하태수는 살구 싶다**	88
04	**나유민은 살구 싶다**	117
05	**나는 살구 싶다**	163

외전: 작가의 말   195

이 세상의
모든 소하, 태수, 유민, 보현에게
이 책을 바칩니다.

01   나는 살구 싶나

'자살'을 거꾸로 하면 '살자.'

소위 말하는 MZ세대들이 밥 처먹듯 외치는 자살과 관련된 밈meme. 수업 들어오는 선생님들마다 니네는 뭐 그렇게 못 죽어서 안달이냐, 심드렁하게 반응하는 만큼 "자살할래!"는 소녀들 사이서 이미 오래전에 고착된 유행어이다.

"아, 나 어제 혁이 오빠한테 고백했다가 까였다고. 걍 바로 자살."

"응, 자살해. 근데 예은아. 자살을 거꾸로 하면 뭐다?"

"지랄. 니나 살아. 썅, 이제 그 새끼 얼굴 어떻게 보냐고…."

입에 걸레 문 예은이는 우리 반 대표 공주님이다. 왜냐하면 예쁘고, 늘씬하고, 목소리 크고, 돈 많다. 반 애들이 깨갱거릴 수밖에 없는 조건을 모두 충족시킨 예은이는 오늘 하루만 해도 "자살할래!"를 일곱 번 외치다 삐까뻔쩍한 외제차 타고 유유히 학교를 떠나셨다. 그녀가 소리를 꽥 지를 때마다 귀에서 피가 나는지 몰래 닦아보는 것은 아무도 모르는 나의 소심한 복수다.

 죽고 싶다는 두 마음을 굳이 저울질하는 미친 짓에 흥미 없지만 예은이보다는 내가 더 죽고 싶을 거라 확신한다. 이건 누구나 아는 팩트다. 예은이는 먹고 싶은 음식 다 먹고, 놀러 가고 싶은 곳 다 간다. 돈방석 위에서 태어나 부모님의 관심과 사랑을 독차지하는 것으로도 모자라, 학교 사람들의 동경 어린 사바사바까지 당연하게 받아낸다.

 그런 주제에 죽고 싶다고? 부잣집 딸은 본인의 철없는 발언이 교실 구석 개찐따를 분노케 한다는 사실을 알 리 없다. 그래. 알 필요도 없다. 당장 내일 내가 죽어 책상 위에 국화꽃 한 송이 놓인다 한들 신경 한 톨 안 쓰고 명품 립스틱 발린 입으로 모순적인 죽음을 장난스레 뱉을 것이다. 그렇게 나는 이 교실에서, 이 세상에서 바로 잊힐 것이다. 쉽게 정리하자면 예은이는 가짜 죽음을 원하고, 나는 진짜 죽음을 원한다. 죽음이 코앞에 들이닥칠 때 예은이는 싫다 발악하겠지만, 나는 눈 감고 저승사자를 환영할 준비가 되어있다.
 잔인한 현실의 격차는 복도 위 나의 걸음을 무겁게 만들었다. 고요한 복도에 드러누운 햇살은 봄날을 만끽하고 있었다. 눈부신 그와 다른 나는 나답게 창틀 아래 고인 그늘만 찾아 걸었다. 중앙 계단으로 이어지는 복도 모퉁이에는 마룻바닥과 태양의 대충돌이 이루어지고 있었다. 예은이 언어로 '눈뽕 지린다'라 표현될 눈부심은 나의 두 눈을 예고 없이 덮쳐왔다. 공격받은 시야는 순간적인 두통을 유발했다. 눈앞이 뽀얘질 만큼 강한 빛을 피하기 위해 나는 걸음을 멈추고 바로 옆 게시판에다 머리를 처박아야만 했다. 해를 등진 게시판만이 그 자리에서 듬직한 그늘을 소유했기 때문이다. 이마에 부딪힌 게시물이 놀란 듯 바스락거렸지만 나중 문제였다. 나는 서둘러 잃어버린 시력을 되찾기 위해 눈알을 시계 방향으로 세 번, 반시계 방향으로 세 번 굴렸다. 실명되면 어떡하지,라는 소심한 걱정은 복도의 나무 문양이 선명히 보이기 시작할 때부터 자연스레 옅어졌다.

회복된 시야에 하나 더 새로 들어선 것은 하얀 A4용지였다. 아까 이마 쪽에서 바스락거리던 소리의 주인인 듯했다. 가까운 탓에 글자를 읽기 어려워 게시판에서 머리를 떼어냈다. 뒷걸음질칠수록 한눈에 들어오는 게시판은 꽤나 압도적인 크기였다. 한 번도 자세히 들여다본 적은 없었지만, 그 어느 때보다 많은 수의 종이가 붙여져 있다는 것은 감히 확신할 수 있었다.

사월 중순을 지나는 오늘은 동아리 신입부원 모집 마감 하루 전. 요 며칠 일 학년 복도가 쉴 틈 없이 떠들썩했던 이유다. 신입생들에게 동아리라 함은 선배들과의 친목 도모부터 시작해서 본인의 꿈을 마음껏 펼칠 수 있는 곳. 좋은 고등학교 진학을 위한 스펙을 본격적으로 마련할 수 있는 곳. 초등학교 방과 후 활동과는 비교가 안 될 정도의 도파민을 채울 수 있는 곳이다. 지나간 얘기지만, 예은이는 이미 댄스부 오디션에서 떨어진 후 잉잉 울며 또 한 번의 자살을 요란하게 예고한 바 있다.

예은이 덕분에 눈치껏 알게 된 나와는 전혀

관련 없는 이슈였다. 나는 동아리를 같이 즐길 친구도, 스펙이 필요할 만한 꿈도 없다. 눈앞의 게시판을 유심히 살펴볼 이유가 없다는 뜻이다.

그치만 지금 이 시각, 하필이면 복도에는 나밖에 없다. 나의 음침한 염탐을 비웃거나 야유할 사람은 아무도 없다. 동아리에 가입할 생각이 없다 하더라도 구경 정도는 자유롭게 할 수 있지 않는가? 왜인지 모를 용기가 생겨났. (원래 개찐따들은 혼자 있을 때 자주 이런다.) 나 같은 찐따가 눈길 한 번 준다고 해서 게시판에 곰팡이가 생긴다거나, 닳는다거나. 그런 엄청난 변화가 나 하나 때문에는 결코 생기지 않을 테니까.

묘한 설렘을 품은 채 게시판의 왼쪽 위부터 차근차근 훑었다. 게시판에는 다양한 동아리들이 열정적으로 부원을 모집하는 중이었다. 암컷의 선택을 받기 위해 화려한 꼬리깃을 펼치는 수컷 공작새들 같았다. 그중에서도 농구부는 체육선생님 얼굴에 보디빌더 몸을 합성시켜 참을 수 없는 웃음을 자아냈다. 나는 픽 새어 나온 웃음을 한 손으로 급히 틀어막고는 게시판 한가운데로 시선을 옮겼다. 그곳에는 벌써부터 끈질긴 인연처럼 느껴지는 하얀 A4용지가 떡 하니 자리잡고 있었다. 지금까지 봐온 홍보지들 중 가장 볼품없었다. 더군다나 중앙 자리를 먼저 차지하고 있던 다른 홍보지를 완벽하게 가려버린 싸가지가 상당히 독보적이었다. 어떤 곳인지 궁금해져 한 발 다가가 동아리명을 훑었다.

〈자몽살구클럽〉

독특한 이름 아래에는 자몽 한 알과 살구 한 알이 그려져 있었다. 검은색 펜으로 여러 번 덧대어 스케치한 흔적, 지저분한 빗금선들로 어설프게 표현된 명암, 색칠하다 튀어나온 다홍색 크레용을 보아하니 미술 동아리는 아님이 분명했다. 우스꽝스러운 그림 아래에는 구구절절한 필기체가 빼곡했다.

죽고 싶지만〈힝ㅠㅠ〉 실은 살구〈아자~〉
싶은 자들의 비밀스러운 모임
- 당신은 무엇 때문에 죽고 싶나요?
그 이유가 명확한 당신! 우리와 함께합시다
- 당신은 무엇을 위해 살아가고 있나요?
그 무엇을 모르는 당신! 우리가 필요합니다
- 가입을 원할 시, 뒷면의 "티켓"을 갖고
"내일 오후 5시 음악실"로 오세요

  티켓? 힘없이 팔랑거리는 종이를 들어 뒷면을 살폈다. 종이 쪼가리 같은 게 용케 달라붙어 있기는 했다. 영화 〈찰리와 초콜릿 공장〉에 나오는 황금 티켓과는 비교 안 되는 싸구려 티켓이었다. 암만 봐도 사이비 집단 같았다. 그럼에도 불구하고 오랜만에 꽃피운 호기심은 시들 생각을 않았다.
  홍보지의 앞면으로 돌아가 한 줄 한 줄 곱씹어본다.

**당신은 무엇 때문에 죽고 싶나요?
당신은 무엇을 위해 살아가나요?**

 나는 무엇 때문에 죽고 싶어 하고, 무엇을 위해 살아가고 있는가.

* * *

 엄마를 마지막으로 본 건 하늘이 비를 무섭게 토해내던 여름날. 여덟 살의 내가 몸만한 책가방 메고 한 손에는 우산까지 들어 엉거주춤 집으로 돌아오던 오후 한 시. 거의 다다른 집 앞에는 미친 여자가 비틀거리고 있었다. 비에 쫄딱 젖어 얇은 티셔츠 안으로 드러나는 앙상한 몸. 품에 챙겨 나온 짐이라고는 낡아빠진 파우치 하나. 부르튼 열 발가락을 숨기기에는 역부족인 슬리퍼. 몇 없는 머리카락이 축 처져 넘길 때마다 군데군데 보이는 땜빵. 핏줄 터져 불그스름한 눈. 수제비처럼 부은 귓불과 파르르 떨리는 보라색 입술.

엄마였다. 비가 이렇게 쏟아지는데 엄마는 왜 우산도 없이 춤을 추고 있는 건지 의아했다. 나는 엄마를 부르며 다급히 뛰어갔다. 불쌍해 보이는 엄마에게 우산을 씌워 주고 싶었다. 엄마가 춥고 아픈 게 싫었으니까.

　나의 부름에 비틀대던 엄마가 몸을 돌렸다. 가까워진 엄마의 머리 위로 우산을 씌워 주려던 순간, 엄마는 두 손 뻗어 내 어깨를 팍 밀쳤다. 엄마의 예기치 못한 행동에 나는 뒤로 발라당 넘어져 웅덩이에 엉덩방아를 찧었다. 까진 팔꿈치가 쓰라려 눈물을 와락 터뜨렸다. 나는 엄마가 나를 일으켜 주기를 바라며 앙앙 울어댔다. 그러나 그날의 엄마에게 나의 울음은 통하지 않았다. 엄마는 나뒹구는 우산에 발길질하며 세상 들어본 적 없는 쌍욕을 고래고래 외쳐댔다. 나는 엄마가 그렇게 날카롭고 큰 목소리를 낼 수 있는 사람이었다는 걸 그때 처음 알았다. 순간 귀신이 씌인 것이라 생각했다. 한참 괴성을 지르던 엄마는 곧 쓰러질 인간처럼 숨을 헐떡이며 흙탕물 뒤집어쓴 채 떠는 나를 빤히 내려보

앉다. 엄마의 두 눈은 맑은 날 하나 없는 장마철 같았다. 초점 잃은 눈동자는 머리 위 먹구름만큼 탁했고, 쿡 찌르면 당장이라도 피눈물이 쏟아질 만큼 빨갰다. 그 눈빛이 너무 무서워 그만 오줌을 지리기까지 했다. 몇 초 뒤 엄마는 아무 말 없이 반대편 골목으로 뛰어갔다. 내가 따라갈 수 없는 속도로. 한 번도 가본 적 없는 저기 저 먼 길로. 언제 그칠지 모르는 빗속으로. 유유히 사라졌다. 그게 엄마의 마지막 모습이다.

엄마는 아빠를 많이 무서워했다. 아빠의 귀가 시간 몇 분 전부터 꼬박 실금하던 엄마를 보면 쉽게 알 수 있었다. 엄마는 아빠랑 같이 살면서 행복했던 적이 없었을 것이다. 엄마는 불행으로부터, 아빠로부터 도망친 것이다. 분명 행복보다 생존이 높은 우선순위에 위치했을 것이다. 엄마는 이대로 죽고 싶지 않았기에 아빠를 떠나야만 했고, 동시에 나를 떠나야만 했다. 엄마는 엄마를 살리기 위해 나를 버려야만 했다.

엄마는 왜 혼자서 떠났을까? 왜 말 한마디 없이 나를 떠났을까? 꼭 그래야만 했을까? 그럼

나는? 엄마가 그토록 무서워하던 아빠 옆에 홀로 남겨진 나는? 나는 어떻게 살아가라고. 나 혼자 어떻게 아빠를 버텨내라고. '어떻게'에 대한 정답은 엄마가 가출한 순간부터 지금까지 알아낼 수 없었다. 다시 만나는 날이 온다면 그때 엄마를 붙잡고 물어봐야만 알 수 있을 희대의 난제였다.

아빠의 행패는 상대를 잃어 한동안 방황하다 나에게 고스란히 옮겨왔다. 생활비를 벌어오기는커녕 애미 닮아 술값 벌 능력 하나 없다는 개소리를 미성년자인 나에게 해대는 것이 일상이었다. 몇 년 내내 지랄하던 게 따분해진 건지 요즈음 들어 외박하는 날이 잦아진 것 같았다. 어른들의 재미는 집구석이 아닌 바깥에 있는 거라고. 이왕 나 모르게 집 밖에서 뒤지면 좋겠다고 생각한 것 이외에는 아무 감정이 들지 않았다.

'부모는 자식의 울타리'라는 말을 빌리자면 나의 울타리는 개박살 난 지 오래다. 고쳐질 거라는 희망조차 없다. 부서진 울타리를 리모델링하는 데에는 많은 시간과 돈이 필요하다는 것을 안다. 돈을 합법적으로 벌려면 성인이 되기까지 육 년을 잠자코 기다려야 하니까. 그렇다고 사회의 법을 어기며 돈 모을 깡은 내게 없다. 집을 나와 가출팸에 들어갈 깡은 더욱 없다. 머리를 여러 갈래로 찢어 방안을 찾아봐도 당장 실천할 수 있는 답이 없다. 나는 그냥 이렇게 살 수밖에 없다. 술, 여자에 없는 돈 털어가며 거뭇한 가랑이만 긁어대는 아빠의 시궁창 인생을 물려받는 게 불가피한 나의 숙명이라면,

굳이 살아야 할 이유가 있나?

**우리와 함께합시다.
우리가 필요합니다.**

동시에 궁금해진다. 여기 '우리'는 과연 누구들인지. 나를 언제 봤다고, 나에 대해 대체 뭘 안다고 함께하자는 말을 당당히 제안할 수 있는지. 나에게 본인들이 필요할 거라 어떻게 확신할 수 있는지.

또 궁금해진다. 저 '우리'에 내가 정말 낄 수

있을지. 이름, 나이, 얼굴 하나 모르는 나를 '우리'라는 새 울타리 안에다 넣어줄 수 있는지. 꿈, 사랑, 희망 아무것도 갖지 못한 내게 아무런 대가 없이 '함께'를 기약해 줄 수 있는지.

그렇게 함께한다면 '우리'는 죽고 싶은 이유를 죽이고 살아야 하는 이유를 살릴 수 있을지. '우리'는 '우리'가 바라는 대로 이 세상에서 무사히 살아남을 수 있을지. 엄마가 살기 위해 집을 떠난 것처럼 내가 살기 위한 방법이 언젠가 나타날 거라 스스로를 위로해 왔다. 그 언젠가가 지금이라면? 그 방법이 '자몽살구클럽'의 부원이 되는 거라면?

얇은 종이 한 장에 매달린 두터운 동질감이 혈관을 뚫고 들어와 나의 몸을 탐닉하기 시작했다. 곧이어 결심 직전의 존재에게만 보이는 증상들이 내게도 보였다. 심장박동이 빨라지고, 낯짝이 뜨거워지고, 이마와 머리카락의 경계선이 땀으로 젖어가고, 열 손가락 열 발가락이 밟힌 지렁이처럼 꿈틀거렸다.

자몽과 살구 그림이 눈에 들어온 순간,

확신했다.

나는 살기 위해 '우리'가 필요하다.

티켓을 빠르게 낚아챘다. 힘 조절을 하지 못한 탓에 홍보지는 두 동강이 나 너덜거렸다. 이렇게까지 만들 생각은 없었는데 미안해졌다.

휘황찬란한 필기체로 'WELCOME'이라 적힌 티켓에는 달짝지근한 살구 향이 은은하게 배어 있었다. 나름 신경 쓴 것 같지만 어딘가 엉성했다. 누가 나타나기 전에 손에 들린 티켓을 치마 주머니에 쑤셔 박았다. 면접 장소를 까먹을까 몇 번이고 되뇌며 계단을 내려갔다. 내일 오후 다섯 시 음악실. 내일 오후 다섯 시 음악실. 내일 오후 다섯 시 음악실….

계단 하나하나 내려갈수록 차가워지는 발바닥과 달리 후끈거리는 얼굴에는 형용할 수 없는 감정들이 올라왔다. 일 층 로비에 도착하자마자 신발을 대충 구겨 신고는 뛰쳐나왔다. 몇 분 전보다 더 맛있게 익어버린 햇살이 기다렸다는 듯 내 얼굴에다 박치기했다. 나는 피하지 않았다. 그저 두 눈 부릅 뜬 채 운동장을 가로질렀다. 종아리 뒤로 튀어 오르는 모래알들은 신경 쓰이지 않았다. 주머니 속을 구르는 티켓의 촉감 또한 나쁘지 않았다. 면접은 내일이지만 나는 이미 자몽살구클럽의 명예로운 부원이 되어있는 것만 같았다. 오랜 시간이 흐르고 흐른 뒤의 나는 오늘의 햇빛을 원망하고 있을까? 아니면 고마워하고 있을까?

 죽는 건 하루만. 진짜 딱 하루만 미뤄야겠다.

* * *

없다.

 등굣길에 다시 마주한 게시판에는 자몽살구클럽 홍보지만 사라져 있었다.

 덜렁거리는 종이를 쓰레기로 착각한 누군가가 뜯어버렸을 확률을 급히 계산했다. 제발 그랬으면 했다. 오버 좀 보태서 클럽의 존재 유무에 나의 죽음이 달려있다. 내가 꿈을 꾼 걸까? 그래서 어제 그 모퉁이가 유난히 눈부셨나? 그렇다기에는 주머니 속 티켓이 말 안 된다. 예상치 못한 상황에 맞닥뜨린 나는 오늘 교실에서 자는 척 한 번을 못 했다. 온 세상의 근심들이 내 머릿속으로 빨려 들어온 느낌이었다. 종례가 끝난 뒤 모두 일 층으로 내려갈 때, 나 혼자 꼭대기 층 음악실 앞에 우두커니 서 있는 것은 당연한 결과였다. 약속 시간이 임박해지자 온갖 불신과 저주가 혼잣말 형태로 튀어나왔다. 이 모든 게 정말 꿈이라면 음악실에 아무도 없겠지. 아무도 없으면 안 되는데. 누군가의 장난질에 놀아난 거라면 어떡하지. 애초에 사이비 같을 때 그냥 지나쳐야 했는데. 음악실 들어가자마자 신장 두 쪽 다 털리면 어떡하지. 으아아. 으아아아. 모르겠다. 일단 왔으니까 들어가자. 문만 살짝 열어보자. 운동장에서의 무모했던 눈뽕 값은 하고 집으로 돌아가자.

여닫이문을 열어젖혔다. 부드럽게 미끄러진 문 뒤로 음악실 특유의 퀴퀴한 나무내가 코끝을 찔러왔다. 민망할 정도로 고요했다. 뭐라도 찾아내기 위해 피아노가 위치한 곳으로 걸음을 옮겼다. 똑같이 고요했다. 누리끼리한 커튼 천을 비집고 들어온 햇빛 덕에 떠다니는 먼지만이 눈에 들어왔다. 인기척은커녕 바깥 개 짖는 소리조차 들리지 않았다. 설마였던 대로 아무도 없었다. 나는 익명의 미친년들에게 속은 것이 분명했다. 발끝부터 스멀스멀 올라오는 허탈함은 갈비뼈 언저리에서 분노로 뒤바뀌다 기어코 코끝까지 올라와 슬픔으로 역변했다. 주머니에서 티켓을 꺼냈다. 아무 쓸모 없는 종이 쪼가리에 목숨 걸었던 내가 죽이고 싶을 만큼 한심했다. 이 종이보다 쓸모없는 건 나였다. 꼭대기 층인데도 지하에 갇힌 것만 같았다. 머물러야 할 위치를 자각한 나는 티켓 쥔 두 손을 허공에다 죽 뻗었다. 티켓뿐만 아니라 남몰래 걸었던 일말의 희망까지 모조리 찢으려는 마음으로.

쿠당탕-

'WELCOME'이 'WEL'과 'COME'으로 나뉘기 직전, 음악실 구석에 위치한 악기 보관실에서 무언가 떨어지는 소리가 들렸다. 이내 느낌표 잔뜩 붙은 대화 오가더니 보관실 문이 벌컥 열렸다. 평화롭게 떠돌던 먼지들이 공기의 갑작스러운 경로 변경에 놀라 우왕좌왕했다. 덩달아 놀란 나는 찢으려던 티켓을 황급히 등 뒤로 숨겼다. 그러나 보관실에서 나온 사람은 이미 다 봤다는 듯 내 앞으로 뛰어와 손을 들이밀었다.

"너, 너 손에 들린 거 그거! 그거 뭐야? 그거 티켓 맞지? 줘 봐!"

놀란 사람은 나인데 본인이 더 놀란 표정으로 티켓을 보이라 협박하던 그녀는 아차 싶었는지 까무잡잡한 피부와 상반되는 하얀 이를 와르르 쏟아내며 웃어 보였다. 휘날린 앞머리 탓에 훤히 드러난 짙은 눈썹과 그 아래 자리잡은 검은 눈동자. 작은 나를 내려보느라 아래로 차분히 가라앉은 속눈썹은 길고 풍성했다. 정전기로 공중에 나풀거리는 머리카락은 햇빛을 받을 때마다 새콤한 오렌지색을 띠었다. 시원하게 풀어헤친 교복 셔츠 위에다 수업 외 착용 금지인 체육복을 당당히 걸치고 계셨다. 허스키한 목소리와 잘 어울리는 패션이었다. 어딘가 낯익은 얼굴에 가슴 언저리 박힌 이름을 빠르게 훑었다.

하태수. 우리 학교 학생회장이다. 매월 초 전교 조례가 진행될 때 먼발치서 보던 게 다였는데 이렇게 가까이서 보니까 키가 꽤 컸다. 기가 팍 죽어 자연스레 눈 깔고 시키는 대로 티켓을 드렸다. 선배는 진한 눈썹으로 한자 여덟 팔을 그리며 감격하더니 보관실을 향해 고래고래 소리 질렀다.

"야, 나유미이인. 빨리 나와 보라니까아아. 신입 부원 왔다니까아아아!"

"태수야. 알았으니까 조용히 좀 해 줄래. 학교 무너진다."

조곤조곤, 또박또박. 물렁한가 싶어 만지면 뼈가 잡힐 목소리. 보관실 안에서 들려오는 목소리는 다가오는 주인과 함께 선명해져왔다. 검은색의 얇은 테 안경. 새하얀 피부와 대비되는 까만 단발머리. 끝이 살짝 올라간 눈매는 고의성 없는 그녀의 냉기에 힘을 실어 주고 있었으며, 똑단발에 가릴 듯 말 듯 오른쪽 턱선을 지나가는 점 세 개는 밤하늘의 별자리를 연상케 했다. 진갈색 교복 조끼를 입은 그녀의 왼쪽 가슴

곽에는 삼 학년을 나타내는 초록색 자수로 '나유민' 박혀 있다. 줄이지 않아 재미없어 보이는 교복 치마는 바로 옆 태수 선배와 정반대의 분위기를 자아냈다. 팔꿈치까지 걷은 와이셔츠 탓에 깡마른 팔뚝이 죄다 드러났지만 상관없다는 듯 느리게 쓸어내리며 나를 내려봤다.

"진짜네. 우리 홍보지 반으로 쪼개버린 것도 너야?"

태수랑 아침에 종이 떼러 갔을 때 발견하고 개웃었어. 유민 선배는 옆머리를 귀 뒤로 꽂으며 웃음을 터뜨렸다. 태수 선배는 고개까지 젖히며 웃었다. 꺄르르거리는 삼 학년들 앞에서 일 학년이 수행할 수 있는 유일한 행동. 일단은 따라 웃기. 누구 앞에서 소리 내어 웃는 게 얼마만인가. 지나가는 개미만 봐도 웃는 여중생들의 끊이지 않던 웃음소리가 차츰 작아질 때쯤 조심스레 물었다.

"… 부원이 다 합쳐서 세 명이에요?"

"아하하. 아니. 한 명 더 있어. 너보다 한 살 많은 앤데."

이보현이라고. 오늘도 늦네. 오늘만큼은 제발. 아 진짜 제에발 늦지 말아달라고 그게 빌었는데 말이다. 돈을 갖다 바쳐야 제때 올 놈이지 아주. 하품하면서도 쉴 틈 없이 구시렁대는 태수 선배 입안으로 유민 선배의 손가락이 예고 없이 침투한다. 엣퉤퉤. 아씨 드러워. 야 너 손 씻었어? 모르겠고 보현이한테 전화해 봐. 나유민 년 매번 이런 식이야. 응 어쩔. 웅 저쩔.

초등학생처럼 투닥거리며 보관실로 걸음을 옮기는 선배들 뒤를 따랐다. 동아리가 결성되려면 최소 다섯은 필요하다고 들었는데 지금 세 명에서 한 명 더 추가된다 하더라도 네 명뿐이다. 고작 네 명으로 동아리 활동이 가능한 건지에 대한 의문이 들었다.

"여기는 비밀 클럽이야. 딴 애들은 물론이고 선생님들도 몰라. 신기하지."

내 머릿속을 관통한 태수 선배가 보관실 바닥에 앉으며 말했다. 유민 선배는 그 바로 옆에 무릎을 세워 앉았다. 언제 앉을 거냐 묻는 듯한 두 사람의 눈빛을 이기지 못하고 따라 앉았다. 이게 대체 뭐 하는 짓인가 싶었다. 그 사이 보현이라는 사람과 통화를 마친 유민 선배는 어깨를 으쓱거렸다.

"보현이 계단 걸어 올라오고 있대. 곧 도착할 듯?"

"이 짜식이 진짜."

늦는 놈이 걸어 올라와? 문 열리는 순간 바로 독도킥이다. 눈썹을 꿈틀대는 태수 선배는 암만 봐도 전교 조례를 진행하는 사람과 다른 사람 같았다. 물론 속으로만 생각했다. 입 밖으로 뱉었다가는 내가 독도킥을 맞을 수 있으니까.

몇 초 뒤, 악기 보관실 문이 시원찮은 속도로 열렸다. 걱정한 것과 다르게 태수 선배는 독도킥을 날리지 않았다. 그저 발바닥 맞붙인 자세에서 다리만 위아래로 달달 떨며 불량스레 올려봤다.

"보현아... 니 진짜 죽구 싶냐? 앙?"

"아뇨. 살고 싶어서 왔어요."

당당히 지각한 보현 선배는 태수 선배의 기에 좀처럼 눌리지 않았다. 나름의 카리스마가 가미

된 협박을 농담으로 허허실실 맞받아쳤다. 사람 좋은 미소 지으며 등장한 그녀는 태수 선배를 되려 이상한 놈 만드는 엄청난 스킬을 갖고 있었다. 그녀는 아무렇지 않게 나와 유민 선배 사이에 무릎 꿇어앉았다. 메고 있던 크로스백을 목에서 천천히 빼내어 옆에 두더니 팔목에 있던 머리끈으로 허리까지 오는 머리카락을 느릿하게 묶기 시작했다. 유민 선배는 손 뻗어 그녀의 머리카락을 만지작거렸다.

"보현아. 너 머리 되게 많이 길었다. 작년 겨울에 이정도는 아니었던 것 같은데."

"그쵸. 잘라야 하는데."

미용실 갈 시간이 안 나서…. 대답을 뱉는 행위와 머리를 묶는 행위 어느 것 하나 서두르는 게 없는 보현 선배의 눈매는 할머니들의 사랑을 독차지하는 시골 강아지처럼 아래로 추욱 처져 있었다. 그녀는 손등을 덮어 불편해 보이는 카디건에도, 꿇은 다리 탓에 타원형 무늬가 되어버린 땡땡이 양말에도 아랑곳 않고 머리 묶는 데에 온 신경을 쏟고 있었다. 메고 온 카키색의 작은 크로스백에는 뭐가 그렇게 많이 담겨 있는 건지 표면이 울퉁불퉁했다. 가방이 불쌍해 보이기까지 했다. 낯이 풀린다면 가방에 뭐가 들어 있는지부터 묻고 싶어졌다. 야쿠자 말투 쓰며 협박하던 태수 선배는 허어 콧김 뿜다가도 빠져나온 그녀의 머리카락을 챙겨줬다.

 마침 머리를 다 묶은 보현 선배가 고개를 찬찬히 들더니 내 쪽으로 방향을 틀었다. 눈이 마주쳤다. 그녀의 눈매가 나무늘보 속도로 사악 접히며 가느다란 호를 만들어냈다. 올라간 입꼬리 아래로 앞니 두 톨이 톡 튀어나왔다. 이내 강아지 꼬리털 같은 보들보들한 목소리가 퍼졌다.

 "안녕."

 "안녕하세요…."

 그러고는 이어지는 말 없이 태수 선배를 빤히 쳐다본다. 진행해도 된다는 무언의 신호였다. 본인 딴에는 만족스러운 인사를 끝낸 모양이었다. 태수 선배는 기다렸다는 듯 박수 두 번 짝짝 치더니 양손을 무릎에 얹었다. 중대 발표라도 할 것처럼 목소리를 가다듬더니 입을 열었

다. 자아−,

"반갑습니다, 여러분. 우리 자몽살구클럽에 귀하디 귀한 신입 부원이 들어오게 되었습니다. 아, 환영하는 만큼. 아, 소리 질러엇."

"와아."

"와아아."

"…."

"역시 반응이 아주 핫한데요. 오, 근데 아직 이름을 모르네. 이름이 뭐야?"

"김소하요…."

"뭐라고? 안 들린다."

"김소하요……."

"소하 오케이. 나는 자몽살구클럽 대장 하태수고. 얘는 부대장 나유민. 쟤는 부원 이보현. 본론으로 바로 들어갈게. 소하 너 우리 클럽 이름이 왜 자몽살구클럽인지 알아?"

고개를 저었다. 그런 나에게 태수 선배는 힌트를 제공했다.

"자몽살구를 줄여 봐."

"…."

입술을 옴죽거리자 웃음 빵 터뜨린 태수 선배의 손이 어깨 위로 올라왔다.

"뭘 쫄고 그래. 니가 생각하는 그 단어 맞아. 자살. 너 그거 하고 싶어서 여기 찾아온 거잖아. 그치?"

직설적인 물음에 답하기 난감해져 눈치를 살폈다. 모두가 나를 쳐다보고 있었다. 교실에서 발표 순서가 되었을 때 내게 꽂히던 차가운 시선들과는 느낌이 아예 달랐다. 셋은 아무런 재촉 없이 나의 대답을 기다려 주고 있었다. 무슨 말을 해야 할지 몰라 고장 난 입꼬리를 어색하게 올리자 선배들이 따라 웃었다. 이상했다. 타인 앞에서는커녕 혼자 있을 때도 좀처럼 웃을 일 없던 내 입꼬리가 올라간다는 게. 만난 지 한 시간 채 되지 않은 사람들과 이 좁은 공간에 모여 동시에 웃고 있다는 게. 믿기지 않았다. 오늘 아침부터 꿈같은 일들만 나에게 펼쳐졌다. 대답을 망설이는 나의 모습이 안쓰럽기라도 했는지 유민 선배가 대신 입을 열었다.

"우리는 모두 큰 아픔을 하나씩 지니고 있잖

아. 그 아픔은 죽고 싶다는 생각을 하루에 몇 번이고 되뇌게 하지. 우리 자몽살구클럽은 서로를 죽음으로부터 지켜 주고, 생존해야 하는 이유를 만들어 주기 위해 결성된 비밀 모임이야. 한 사람당 이십 일의 자살 유예 기간이 주어질 거야. 그 시간 동안 그 사람이 이 세상에 무사히 살아남을 수 있도록 남은 부원들이 도와줘야 해. 이게 바로 자몽살구클럽의 유일한 활동이자 규칙. 여름방학이 오기 전까지 네 명 모두 살아남는 게 최종 목표라 할 수 있지. 비밀 유지를 위해 신입 부원은 한 명씩만 받고 있는데, 보현이는 작년에 들어온 신입 부원이고. 올해는 소하 네가 들어오게 된 거야. 그래서 홍보지도 사람 없는 시간대에 딱 하루 붙였던 거고. 여튼…."

유민 선배는 자몽살구클럽에 관하여 진지하게 설명하다 갑자기 부끄러워졌는지 말끝을 흐렸다. 그 모습을 본 태수 선배가 킥킥거리며 놀렸다. 너는 하여간 말이 너무 많아.

유민 선배는 별다른 대꾸 없이 가느다란 중지를 척 세웠다. 둘의 유치한 다툼을 또 한 번 직

관하다 보현 선배와 눈이 마주쳤다. 그녀의 얼굴에서는 포근한 미소가 여전히 맴돌았는데, 그 미소를 빼닮은 말이 앞니 사이로 부드럽게 흘러나왔다.

"자몽살구클럽에 온 걸 환영해, 소하야."

두 손 끝 맞대며 조용히 박수를 보내는 그녀에게 머리 숙여 감사합니다, 했다. 태수 선배는 우리의 대화가 소름 돋는다는 듯 본인 팔뚝을 쓸어내렸다.

"으으. 존댓말 징그러워. 대빵으로서 규칙 하나 더 만든다. 우리끼리는 꼭 반말 쓰는 걸로 해. 오케이? 이보현은 말 놓으라 한 지 일 년이 지났는데 아직까지 존댓말이냐? 걍 언니라 부르라니까. 나유민은 몰라도 나는 꼰대 아니니까 편하게 해. 너희 둘도 서로 얼렁 말 놓고."

"태수야. 내가 방금 먹여준 엿으로는 배가 안 차나보다?"

"앗. 제가 요새 성장기라서용. 더 주세용, 선배님."

"네가 더 징그러우니까 그만해. 쪽지로 순서

나 정하자. 소하 먼저 뽑을래? 신입 부원의 몇 안 되는 특권이니까 사양 마."

 유민 언니의 주머니에서는 꼬깃 접힌 네 개의 쪽지가 나왔다. 각자 하나씩 뽑은 결과, 다가오는 오월부터 보현 언니, 태수 언니, 유민 언니, 나 순으로 구원받게 되었다. 내 순서는 매미 울음소리 가득할 때쯤 오겠거니 싶었다. 그때까지 나는 무사히 살아있으려나. '4'가 적힌 쪽지를 가만히 내려보고 있자 태수 언니가 내 어깨를 툭 쳤다.

 "소하. 우리는 해산할 때 외치는 단체 구호가 있어. 그 어느 때보다 진심을 담은 만세 삼창을 해야 하거든? 살구 싶다! 살구 싶다! 살구 싶다! 이렇게. 정확히 '살구'라고 발음해야 해. 새로 들어왔으니까 선창 함 해 봐. 이보현도 들어왔을 때 다 했다."

 언니의 설명을 듣는 내내 얼굴이 화끈거려 혼났다. 내 입은 좀처럼 선창할 생각이 없어 보였다. 맴도는 정적 속에서 어물쩍 넘어가려 눈알도 굴려보고, 목덜미도 긁어보고, 헛기침도 해

봤지만 언니들은 쉽게 넘겨줄 생각이 없는 듯했다. 신입부원으로 들어옴과 동시에 퇴출당하는 건 싫었다. 결국 나는 부끄러움을 무릅쓰고 입을 열었다.

… 살구 싶다.

… 살구 싶다아.

… 살구 싶다아.

흙먼지 가득한 땅굴로 기어들어가는 목소리에 대한 반응은 역시나 최악이었다. 태수 언니가 연거푸 마른 세수를 해댔다.

"에게게. 그럴 거면 걍 죽구 싶다 외치지 그르냐. 살고 싶은 의지가 전혀 안 보이자네. 그케 해서 진짜 살 수 있겠어? 다시 해 봐. 사람이 진짜 신기한 게 뭐든 일단 외치고 보면 더 간절해지고, 또 그게 진짜 이뤄진다? 지금은 잘 모르겠지. 소하 니가 외치는 만큼 살고 싶어질 거고, 살고 싶어지는 만큼 살아질 거야. 그러니까 용기 있게 다시 말해. 배에 힘 딱 주고 이 세상은 씨이바 다 좆밥이다! 마인드로 그냥 질러. 너 이거 못하면 집 안 보내 준다."

태수 언니의 과격한 말투에 숨겨진 의미들은 나의 가슴을 쿡 쑤셨다. 죽어가던 나에게 기꺼이 심폐소생술 해 주려는 태수 언니를 이해할 수 없었다. 내가 대체 뭐길래? 나에 대해 대체 뭘 알길래? 반대로 나도 언니들에 대해 아는 것 하나 없는데. 언니들이 어떤 아픔을 가지고 있는지, 무엇을 꿈꾸는지, 어떤 마음으로 이 세상과 싸우고 있는지 그 무엇 하나 제대로 아는 게 없는데. 호랑이 무리에 다 죽어가는 사자 한 마리 들어오려는 걸 왜 아무 의심 없이 받아주려는 건지, 왜 이렇게까지 나를 살리려 하는 건지 알 수 없었다.

그럼에도 불구하고 나는 아는 척 우리가 되고 싶었다. 모르는 건 어떻게든 알아가면 되니까. 언니들은 나를 보듬어 주고, 축하해 주고, 끌어안은 채 눈물 흘릴 준비를 모두 마쳐낸 것처럼 보이니까. 내일의 내일로 함께 전진하려 하니까. 방 안에 틀어박혀 매일 밤 기도했던 존재가 기적처럼 눈앞에 셋이나 있으니까.

'죽음.' 자몽살구클럽을 관통하는 단어이자

우리들의 모순적인 소원. 나는 알고 있다. 죽고 싶지만 실은 죽고 싶지 않은 서로의 진심을 알아줄 사람은 서로밖에 없음을. 내게 손을 건넨 언니들은 이미 이 사실을 알고 있었다는 것을. 누군가에게는 평범한 오늘이 우리에게는 연명을 좌지우지하는 시한폭탄 같다는 것을 나는, 언니들은, 우리는 알고 있다. 얼마큼의 용기가, 연대가, 희망이, 사랑이, 내일이, 우리에게 간절한지. 이 자몽살구클럽만은 알고 있다.

  나의 낡은 울타리가 고쳐지기 시작한다. 몇십 년을 움직이지 않던 먹구름이 바람 머금어 저 멀리 날아가자 그 뒤 숨어있던 빛이 나의 가슴에 눈부시게 쏟아진다. 서서히 팽창하는 가슴 두 쪽에는 눈물겨운 따스함이 차오른다. 죽은 줄 알았던 희망들이 햇빛 아래서 무럭무럭 자라나 울타리 안을 빠르게 채운다. 피어난 희망들이 마침내 힘차게 합창한다.

  살구 싶네,
  살구 싶어라,
  살구 싶어.

자몽살구클럽이 만천하에 공개된다면 많은 사람들의 비웃음을 살지도 모른다. 상관없다. 논하는 게 죽음인 자들에게 더 무서울 게 뭐 있겠는가? 갈라진 입술을 굳은 다짐으로 두어 번 적셨다. 두 주먹 쥔 채 고개를 들었다. 여섯 개의 반짝이는 눈에 힘입어 외쳤다.

"… 살구 싶다!"

내가?

"살구 싶다아!"

그럴까.

"살구 싶다아아!"

그럴지도.

사람 하나 오가지 않는 악기 보관실을 기웃거리는 태양. 그 눈길을 모조리 받아내는 네 명의 머리카락, 눈동자, 콧등, 안경, 명찰은 그 어느 하나 눈부시지 않은 것 없었다. 우리는 눈부시게 살아있고, 눈부시게 살아갈 것이다.

나의 선창을 뒤따라 언니들이 쩌렁쩌렁 삼창했다.

살구 싶다!
살구 싶다!
살구 싶다!
평균 열다섯의 인간들이 이토록 발악하게 만든 세상을 향해.

02 이보현은 살구 싶다

D-20

 제가 열 살 때요. 그러니까아, 보훈이 알죠. 아마 언니들은 저번에 만난 적 있을 텐데. 으응, 소하야. 나는 아홉 살 차이 나는 동생이 한 명 있거든. 아무쪼록 보훈이가 막 태어났던 겨울에요. 보훈이를 등에 업은 엄마랑 손잡고 셋이서 바다 여행을 간 적이 있었어요. 그때 제가 좋아하는 연보라색 부츠를 신고 갔었는데요. 모래사장을 마아악 뛰어다니고 있었는데 갑자기 파도가 막 휘몰아쳤어요. 그걸 엄마랑 저랑 둘 다 모르고 있다가 못 피해서 제 부츠가 쫄딱 다 젖고 막 그랬었거든요. 웃기죠. 부츠 안으로 물이 다 들어와서 코끼리 다리처럼 무거워진 그 느낌이 너무 신기하구 웃겼어요. 하필 그때 엄마 등에 업혀서 자던 보훈이도 깨서 와앙 운 것도 진짜 웃겼는데. 아아, 무튼. 그 부츠를 말리려구 숙소에 급하게 들어갔었어요. 테라스에 있던 의자 팔걸이에 부츠 한 짝씩 거꾸로 매달아놓구, 다시 방으로 들어와서 침대에 다이빙하듯 누웠어요. 뛰어놀다가 들어와갖구 잠이 솔솔 쏟아질 때 티비에서 일본 영화 〈리틀 포레스트〉가 나왔어요. 영상이 너어무 예쁜 거 있죠. 눈을 떼기 싫을 정도로 평화로웠어요. 그때 잠깐 본 그 영화를 시작으로 영화감독이 되고 싶다는 생각을 하게 됐어요. 원래 어릴 때 다 그러잖아요. 찰나의 순간에 눈 반짝이구. 그렇게 큰 꿈을 갖게 되구…. 무튼 거기 주인공이 음식을 디게 맛있게 먹구, 또 디게 잘하는데. 그 주인공이 텃밭에서 갓 딴 토마토를 한입 베어 물다가 집에서 토마토 설탕 절임이랑 스파게티를 만들었어요. 우리 엄마가 과일을 디게 좋아해요. 그중에서도 토마토를 진짜 좋아해요. 보훈이 재우구 제 머리 쓰다듬으러 온 엄마한테 내년 여름이 오면 꼬옥 토마토 텃밭이 있는 곳으로 여행을 가자구. 그때는 보훈이도 꽤 클 거니까 둘이서만 몰래 오자구 엄마한테 말했어요. 그랬더니 엄마 웃음이 빵 터지면서 그러자고 하셨거든요. 그렇게 엄마 손길을 느끼다가 스르르 잠이 든 게 기억이 나요. 근데 지금 우리 엄마가. 으응, 우리 엄마가 뭐 좀. 많이 아파요. 아아, 별건 아니구…. 폐암

이래. 언니들은 이미 또 알고 있는 사실이겠지만. 으응, 소하야. 꽤 됐어. 그 겨울 여행 이후로 다른 여행을 한 번도 가지 못 했거든. 요즈음 이모가 주로 엄마를 간병하시는데 나랑 보훈이를 입원실에 잘 못 들어오게 해요. 그만큼 상태가 많이…. 무튼 이모 말로는 엄마 병원비로만 쌓인 빚이 어마무시하대요. 그걸 제가 다 갚으려면 영화감독 그딴 꿈 꾸지 말고 공무원을 하래요. 그래야 보훈이와 제가 앞으로 안정적이게 살아갈 수 있대요. 보훈이가 지금, 응. 여섯 살인데요. 엄마가 죽으면 내가 보훈이 엄마가 되어야 한대요. 엄마 아직 살아있는데. 우리 엄마가 디게 강하거든요. 이모는 그렇게 무서운 말로 우리 겁을 마악 준다니까요. 근데도 저는 아직 영화감독이 되고 싶어요. 고집부리는 것 같겠지만, 저는 그때부터 지금까지 장래희망 바뀐 적 한 번두 없어요. 근데 찾아보니까 그런 일을 하려면 돈이 지인짜 많이 든대요. 엄마가 선물해 준 캠코더랑은 비교가 안 될 정도로요. 그러니까아. 꿈을 위한 걸음도, 보훈이를 위한 미래, 엄마의 죽음도 저한테는 모두 버거운 거예요. 현실을 따르는 것도, 꿈을 좇는 것도, 엄마를 잊어내는 것도 똑같이 힘들 게 뻔하다면. 죽는 게 차라리 마음 편하겠다. 엄마를 따라 가겠다 그런 거죠…. 보훈이한테는 절대 비밀로 해 주세요. 여섯 살이어도 알 건 다 알더라구요. 애가 디게 똑똑해갖구….

* * *

D-16

"기사님. 서울에서 제일 가까운 바다로 가 주세요."

학생들 돈은 있어? 여기서 바다 가려면 꽤 나올 텐데. 아버지뻘 되는 기사 아저씨의 진심 어린 걱정은 조수석에 탄 태수 언니의 안전벨트 매는 소리와 함께 일단락된다. 아유. 안 그래도 설에 받은 용돈 오늘 다 꼬라박으려고요.

보현 언니는 본인이 죽어야 하는 이유를 구구절절 늘어놓던 첫날, 그 울룩불룩한 가방에

시 노트 하나를 꺼냈다. 지금껏 써놓은 시나리오가 있냐는 유민 언니의 물음에 대한 대답이었다. 나머지 셋이 노트를 펼쳐 읽을 때 그녀는 볼에 붙은 잔머리를 만지작거리며 우리의 평가를 기다렸다. 마지막 페이지에 다다르기도 전에 노트를 닫은 태수 언니가 말했다.

"우리 바다 가자."

세상은 오월의 문을 열었지만 쌩쌩 달리는 택시의 창문은 기댄 관자놀이가 시큰할 정도로 차가웠다. 내 인생에 있어 바다는 처음이었다. 바다를 가던 길에 우회해야 했던 적은 있었지만.

내가 열 살 때까지만 해도 아빠는 트럭을 몰았다. 아빠는 그 트럭으로 수산물을 운반하는 일을 했다. 하루는 아빠가 자고 있는 나를 깨워 바다에 가고 싶냐 물었다. 아빠의 트럭을 얻어 타는 것도, 바다를 보러 가는 것도 처음이었던 나는 설레는 마음으로 부리나케 외투를 챙겨 그를 따라나섰다. 아빠는 바다를 갈 것처럼 길을 뺑글뺑글 돌다가 처음 보는 동네 미용실 앞에다 차를 세웠다. 잠깐 담배 피우러 가려는 듯

운전석에서 내리더니 그 미용실 안으로 쏙 들어갔다. 몇 분 뒤 아빠는 금색 머리의 아줌마 허리를 지분거리며 걸어 나왔다. 그 광경을 잠자코 보고만 있던 나는 아빠의 우악스러운 손길에 의해 조수석에서 끌어내려졌다. 그 덕에 속옷 끈을 다 내보이며 아줌마와 인사를 강제로 나눠야만 했다.

"어머. 니가 승우 씨 딸이야? 오빠 닮아서 애가 참 예쁘게 생겼네에. 파마하면 더 예뻐지겠다."

내 머리를 마구잡이로 쓰다듬는 아줌마의 손에는 파마약 냄새가 잔뜩 배어 있었다. 색이 불규칙하게 빠져 얼룩덜룩한 금발에 새빨간 립스틱으로도 가려지지 않는 거무죽죽한 입술. 그 사이로 빠져나오는 담배 냄새는 숨쉬기 어려울 정도로 고약했다. 심각한 꼴초인지 목소리도 남자처럼 걸걸했다. 나는 그녀에게 조수석을 양보해야만 했다. 짐칸에 실린 죽은 생선처럼 칼바람을 정통으로 맞으며 심각한 멀미에 시달려야 했다. 그때 그 멀미는 엉덩이 밑에 깔아둔 외투에 스며드는 생선 비린내 때문이었을지도 모른다. 얼핏 들리는 아빠와 아줌마의 선정적인 이야기 때문이었을지는 더더욱 모르겠다.

아빠는 동네를 벗어나기도 전에 출출하다며 아줌마와 술집을 들어갔다. 나도 배가 고팠고, 추웠고, 졸렸다. 그로 모자라 오줌까지 마려웠다. 비린내 나는 외투를 덮은 채 아빠가 빨리 트럭으로 돌아오기만을 기다렸다. 잠깐 졸고 일어났을 때는 이미 해가 저물어 주변이 깜깜해져 있었다. 그제야 아빠는 비틀거리며 술집에서 나오더니 다시 운전대를 잡았다. 만취 상태였던 아빠는 얼마 안 지나 말짱한 가로등을 처박았고 이상한 낌새를 차린 경찰들이 사이렌을 마구 울리며 아빠의 트럭을 쫓아왔다. 경찰 아저씨들에게 체포된 후 시뻘건 얼굴로 행패 부리는 아빠가 혐오스러웠다. 짐칸에 있던 나를 안아 내려준 경찰 아저씨는 경위 조사를 위해 이것저것 물었지만 나는 아무것도 모른다는 표정으로 입 꾹 다물고 있었다. 참았던 오줌으로 바지를 잔뜩 적시면서 말이다. 무서웠다. 경찰 아저씨보다 아빠의 주먹질이.

그렇게 아빠는 술 처먹고 운전한 죄, 가로등을 훼손한 죄, 나를 화물칸에 태운 죄로 면허 취소는 물론 수백만 원의 벌금까지 물어야 했다. 그 이후로 아빠의 트럭은 사라졌다. 아빠의 직장도 사라졌다. 나의 바다도 사라졌다. 그때 경찰 아저씨에게 아빠의 만행을 고자질했다면, 은근슬쩍 아빠 밑에서 살기 힘들다는 말까지 전했다면, 나는 도망친 엄마에게로 보내졌을까? 지금쯤 엄마와 단둘이 오붓하게 살 수 있었을까? 나도 보현 언니처럼 엄마와 바다 여행을 갈 수 있었을까?

도착한 바다는 상상을 초월할 정도로 눈부셨다. 불타오르는 커다란 태양이 바다의 피부를 부드럽게 어루만지고 있었으며, 밤도 아닌데 바다의 뺨에는 이미 수많은 별이 반짝이고 있었다. 규칙적으로 인사 나오는 파도는 하얀 거품과 함께 듣기만 해도 속이 시원해지는 소리를 뱉어댔다. 광활한 바다의 품은 그 어느 것이든 껴안아줄 것 같았고, 크게 들이마신 바다의 공기는 동네 새벽 공기보다 훨씬 푸르고 상쾌했다. 네 명의 중학생이 흥분하지 않을 수 없는, 너무나 아름답고 낭만적인 풍경이었다. 택시 안에서부터 감탄을 금치 못하던 태수 언니와 유민 언니는 도착하자마자 바다 앞으로 뛰어갔다. 그들을 뒤따르던 보현 언니는 얼마 안 가 마른 해변 위에 우뚝 섰다. 어김없이 메고 온 크로스백 살포시 내려놓으려 천천히 무릎을 꿇었다. 오늘은 땡땡이가 아닌 줄무늬 양말이었다. 언니는 투박하게 생긴 캠코더를 꺼내 작동 버튼을 꾹 눌렀다. 날리는 모래가 크로스백을 삼킬 때에도 그녀의 모든 신경은 캠코더 화면에 가 있었다.

 캠코더에 타오르는 태양이 담기기 시작했다. 화면을 가득 채우던 태양의 테두리가 번쩍하더니 모든 주변이 검게 변했다. 몇 초 뒤 보현 언니가 버튼 하나를 꾹 누르자 이글이글 타오르던 태양의 열기가 화면에서 점점 멀어졌다. 멀어지고 또 멀어져 하얀색의 작은 점이 됨과 동시에 태양 아래의 것들이 함께 담겼다. 바닷바람 드라이브하는 갈매기의 울음소리와 멀리서 들려오는 뱃고동 소리, 고요한 오후를 깨우는 파도 소리, 그 파도에 휩쓸려 오는 언니들의 웃음소리까지 선명하게 들려왔다. 보현 언니의 캠코더가 언니들이 있는 곳으로 향했다. 유민 언니가 파도 앞에서 소리쳤다.

"보현아! 거기서 찍으면 역광이지 않아?"

"괜찮아요! 그래서 더 좋아요!"

유민 언니는 정갈하게 꽂았던 옆머리가 바닷바람에 다 날아가는데도 활짝 웃었다. 그녀의 예쁜 웃음은 심히 물장구치는 태수 언니 때문에 사라지나 싶었지만 거센 파도에서 제자리를 찾아오는 모래알처럼 빠르게 돌아왔다. 언니들은 머리가 산발이 된 채 캠코더 쪽으로 브이 했다. 그들의 모습을 묵묵히 담아내는 보현 언니는 실제 현장에서 일하는 영화감독 같았다.

바닷물 입자만큼 고운 모래 위에 두 발로 서 있는 상황이 내게는 신기할 따름이었다. 해변 군데군데 널브러져 있는 해초의 비린내는 트럭 짐칸에 남겨진 동태 핏물 비린내와 달랐다. 찬바람을 배회하는 해초 냄새에는 분명한 생동감이 최선을 다해 꿈틀거렸다. 죽었다고 오해받기 쉬운 해초는 이 냄새로 본인이 살아있음을 증명해 왔을지도 모른다. 그렇다면 나는 무엇으로 내가 살아있음을 증명해 왔을까? 나는 해초보다 못한 삶을 살고 있는 걸까? 바다까지 와서 이런 생각을 하는 내가 싫었다. 좋은 마음으로 온 언니들에게 민폐를 끼치는 것 같았다. 울적해진 마음을 빠르게 전환시키려 먼바다의 끝을 응시했다. 어느새 태양은 하늘과 바다를 가로지르는 거대한 수평선을 이불 삼아 자러 갈 준비를 하고 있었다. 내일은 내일의 태양이 뜬다는 말이 틀린 거면 어떡하지? 태양도 떠오르기 싫을 때가 있을까? 태양이 이대로 죽어 내일 못 뜬다면 이 세상은 어떻게 될까?

누가 보면 미쳤다 할 질문들을 혼자 읊던 도중, 보현 언니가 내 쪽으로 몸을 돌렸다. 그러고는 나를 촬영하기 시작했다. 언니의 갑작스러운 행동에 숨을 잘못 들이켜 헛기침을 한참 해댔다. 민망한 모습까지 찍고 있는 보현 언니가 처음으로 짓궂다 느껴졌다. 얼굴을 가린 채 콜록이다 손을 내리지 않고 웅얼거렸다.

"… 무슨 말을 해야 할지 모르겠어."

"괜찮아. 그냥 너대로 있으면 돼."

"나대로?"

"응."

역광인 탓에 보현 언니의 얼굴이 제대로 보이지 않았지만 아무래도 웃고 있는 듯했다. 나는 캠코더 렌즈를 힐끔 쳐다보다 입 가리던 손으로 언니들을 따라 어설프게 브이 했다. 캠코더가 짧게 흔들렸다. 언니가 웃고 있음이 확실해지는 순간이었다.

이대로 학원 수업을 째고 싶다는 태수 언니의 말에 유민 언니는 단호하게 택시를 호출했다. 창밖으로 빠르게 지나가는 바다는 태양을 모조리 삼켜낸 뒤 깜깜해져 있었다. 그치만 깜깜해졌다고 해서 바다가 어딘가로 사라진 건 아니었다. 열 살 때 잃어버렸다 생각했던 나의 바다는 애초에 사라진 적 없었다.

바다는 자신의 눈앞에 벌어지는 인간들의 삶을 기억한다. 살인자의 고해성사, 어느 연인의 첫 키스, 어느 연인의 이별, 취객들의 귀 아픈 폭죽놀이. 바다는 어린 보현 언니의 젖은 연보라색 부츠부터 오늘의 우리까지를 영원히 기억할 것이다. 바다는 세상의 모든 사건들을 저항 없이, 삭제 없이 받아들임으로써 차츰 불어나고 있을 뿐이다. 보다 커다란 품을 만들어 갈 뿐이다. 바다는 우리와 함께 살아갈 것이고 이 사실은 때때로 쓰나미 같은 용기를 내게 선물해 줄 것이다. 나도 언젠가는 바다 같은 어른이 될 수 있을까? 보현 언니의 꿈을, 유민 언니와 태수 언니의 웃음을 지켜주는 사람. 더 이상 스스로를 익사시키지 않고 내일을 꿈꾸며 유영하는 어른.

하나 확실한 것은, 나의 바다는 앞으로도 사라지지 않을 것이다.

나의 바다는 언제나 이곳에.

우리의 바다는 언제나 이곳에.

* * *

D-13

옥상 문을 따는 건 그리 어렵지 않았다. 유민 언니의 실핀 하나면 충분했다.

시멘트칠을 새로 한 지 얼마 되지 않은 옥상 바닥에서 고약한 냄새가 났지만 우리는 코를 틀어막을 수 없었다. 배양토 십 키로와 내 몸만 한 플라스틱 상자를 중학생 넷이 옮기려면 각자의 두 손을 다 써야 했기 때문이다. 몰래 엘리베이터를 타고 올라오려던 우리의 계획은 하필 그 앞을 지나가던 체육선생님의 의심 덕분에 깔끔히 무산되고 말았다. 빡이 칠 대로 친 태수 언니가 옥상 문을 시원하게 발로 깠다. 묵직한 쇳소리 나던 문이 활짝 열리자 새파란 하늘이 우리를 반겼다. 옥상에서 바라보는 하늘은 제자리에서 점프하면 구름에 머리가 닿을 만큼 가까웠다. 태수 언니는 옥상 구석에 짐을 내려놓자마자 아이고오 살려다가 죽겠네! 자학 개그 시전하며 대 자로 뻗었다. 그 옆에 쪼그려 앉은 유민 언니는 지친 기색 하나 없이 배양토 입구 부분을 자르기 시작했다. 일어나. 시간 없어. 누구

오기 전에 빨리 끝내야 해.

 파란색 플라스틱 상자에 묵직한 배양토가 와르르 쏟아졌다. 촉촉한 흙내음은 인공적인 시멘트 냄새와 뒤섞여 옥상 전체에 오묘한 향을 퍼뜨렸다. 태수 언니와 나는 소복이 쌓이는 흙을 꾹꾹 눌러 담았다. 상자에 흙이 어느 정도 채워지자 우리 셋은 모든 행동을 멈추고 보현 언니를 쳐다봤다. 눈 마주친 보현 언니는 주머니를 뒤적였다. 그녀는 주머니에서 나온 무언가를 상자 가운데에 조심스레 뿌렸다.

 토마토 씨앗이었다. 앙증맞게 모여 누운 씨앗들 위로 흙 이불을 덮어주려 할 때 보현 언니가 우리를 막아섰다.

 "씨앗 많이 남았어요. 넷이 같이 키워요."

 보현 언니는 웃으며 각자의 손에 씨앗을 조금씩 나눠줬다. 나는 오른손에 받은 씨앗들이 바람에 날아가지 않도록 왼손으로 뚜껑을 만들었다. 유민 언니는 손에 밴 자연의 냄새가 좋은지 손바닥에다 코를 가져댔다. 태수 언니는 보현 언니를 향한 고마움을 숨기려 괜히 삐딱하게 입을 털었다.

"야. 이거 나눠 줄 시간에 존댓말이나 고쳐. 우리가 남이냐?"

"너는 좋으면서 왜 그래."

태수 언니 머리에 꿀밤 한 대 꽁 쥐어박은 유민 언니는 보현 언니의 씨앗 왼편에 본인의 씨앗을 뿌렸다. 태수 언니의 씨앗은 자연스레 유민 언니 씨앗의 옆에 뿌려졌으며, 내 씨앗은 보현 언니의 오른편에 자리 잡았다. 왼쪽부터 차례대로 오, 월, 칠, 일. 오늘 날짜이자 겹치는 음절이 하나도 없다는 이유로 쉽고 빠르게 지어진 이름들이다. 월이 주인인 유민 언니가 골고루 물을 주며 장난스레 말했다.

"찾아보니까 칠이 애 열매 맺는 데에만 삼 개월이 걸린다더라. 보현이 너 그때까지 못 죽어."

물먹은 상자가 안고 있던 흙내음을 하늘로 띄워 보냈다. 나는 우리를 닮은 씨앗들이 어른들에게 걸리지 않고 여름 공기를 마실 수 있기를 속으로 바랐다. 토마토들의 주인인 우리까지도.

기지개를 켜던 보현 언니가 유민 언니의 말에

웃으며 대답했다.

"칠이만 그렇게 걸리는 거 아니에요. 오, 월이, 일이. 재네두 다 똑같애요."

* * *

D-9

악기 보관실에는 아무도 없었다. 손에 묻은 흙을 털어내던 유민 언니가 다음 활동은 오늘이라고 분명 말했었는데. 내가 날짜를 착각한 건가 싶어 기억을 되살리던 도중 문이 열렸다. 보현 언니였다. 앉아있던 몸 일으켜 어색하게 손 흔들었더니 그녀는 히죽 웃었다. 이제는 반말에다 손인사까지 한다.

"소하 안녕."

"언니 안녕."

"오늘 태수 언니랑 유민 언니는 못 온대."

"진짜? 왜?"

"삼 학년들이 쳐야 하는 시험이 따로 있나 봐. 나두 정확히 모르겠어."

나는 폰이 없어 언니들의 소식을 직접 듣지 못한 것보다 오늘 활동이 취소된 것에 더 큰 아쉬움을 느꼈다.

"그럼 오늘 활동은 없는 거야?"

"아무래도 그렇겠지?"

"그렇구나."

나는 짧게 오가는 대화 속에 아쉬움을 완벽히 숨기지 못했다. 보현 언니는 그런 나를 물끄러미 쳐다보더니 웃차, 하며 크로스백을 고쳐 메었다.

"나 지금 동생 데리러 갈 건데. 소하 너두 같이 갈래?"

곧 유치원 마칠 시간이거든. 보현 언니는 보관실 문이 닫히지 않도록 손으로 잡고 있었다. 혼자 남을 내가 따라 나오게 하기 위함이었다. 행동은 느려도 눈치는 빠른 언니였다.

언니와 걷는 길에는 타이어에 짓밟힌 꽃잎들이 누워 있었다. 그들은 다음 주부터 예고된 장맛비에 쓸려갈 운명을 겸허히 받아들이는 듯했다. 아직 나무 끝에 매달린 다른 벚잎들도 공중을 사뿐사뿐 밟아 내려가 아스팔트에 안착하는 중이었다. 봄이 여름으로 변태(變態)하는 달. 연분홍 세상에 푸르게 환생하는 달. 우리는 지금 마음 몽글해지는 오월을 걷고 있다.

어린이 보호 구역 도로를 따라 십 분 정도 걷자 미지근한 파스텔 톤의 일 층짜리 건물이 보였다. 투명한 유리문 안으로는 병아리 같은 아이들이 분주하게 뛰어다니고 있었다. 몇 초 뒤 선생님 손을 잡은 남자아이가 뒤뚱거리며 나왔다. 남자아이의 손은 보현 언니에게 자연스레 넘겨졌고 둘은 선생님을 향해 동시에 꾸벅였다. 나도 모르게 그들을 따라 꾸벅였다. 이보훈. 처음 보는 누나한테 인사해야지. 친동생 앞에서는 나름 포스 있는 언니를 보고 있자니 웃음이 새어 나왔다. 그래도 참았다. 아홉 살 누나의 권위를 지켜주고 싶었다. 보훈이는 내가 누구인지 전혀 궁금해하지 않는 것 같았다. 나를 힐끔 올려보더니 언니의 등 뒤에 매미처럼 찰싹 달라붙어 또 뒤뚱거릴 뿐이었다. 눈썹 위로 단정히 깎인 그의 앞머리는 햇빛을 받아 귀엽게 반질거렸다. 그는 길을 걷는 순간에도 언니의 치맛자락을 붙잡은 채 꾸준히 나를 올려보았다. 눈을 맞추자 언니 몰래 짧은 다섯 손가락을 펴 내게 흔들었다. 피는 못 속인다더니 손 흔드는 폼이 자기 누나랑 똑같다. 나도 낯 많이 가리지만 최선을 다해 반갑게 인사했다. 여섯 살 남동생의 동심 또한 지켜주고 싶었으니까.

둘은 맞은편 아이스크림 할인점으로 들어가 사이다 맛 쭈쭈바 하나를 샀다. 매일 어머니 병원을 가기 전 둘이서 꼭 치러야 하는 의식이란다. 벚나무 줄지은 길 위에는 벤치 하나가 있었다. 보현 언니는 익숙한 듯 보훈이를 그 벤치에 앉히고는 쭈쭈바 꼭지를 똑 따서 아이스크림 몸통 부분을 쥐여줬다. 언니가 남은 꼭지를 본인 입으로 가져가던 순간, 보훈이가 인상을 찡그리며 투정부렸다. 그러더니 꼭지와 나를 반복해서 손가락으로 쿡쿡 가리켰다. 그의 뜻을 알아챈 보현 언니가 웃음을 터뜨렸다.

"소하야. 보훈이가 꼭지 너 먹으래. 여기."
"에?"

얼떨결에 손에 쉬게 된 꼭지와 그를 번갈아 쳐다볼 때도 먹는 데에만 집중하는 보훈이는 본인 나이에 비해 시크한 면이 있었다. 여섯 살 같지 않다 생각하던 찰나에 그는 아랫입술로 흐르는 아이스크림과 콧물을 동시에 쫍쫍 빨아대다 얼굴을 괴롭히는 여러 액체를 이기지 못하고 옷에 주르륵 흘려보냈다. 으아아. 이보훈 너 진짜아아. 경악하던 보현 언니가 울다시피 가방을 뒤적였다.

"물티슈를 다 썼네. 소하야. 나 잠시 유치원 좀 다녀올게. 휴지를 빌려와야 할 것 같애."

"어? 어어…."

뭐라 대답하기도 전에 보현 언니는 자리에서 일어나 바삐 걸음을 옮겼다. 벤치에는 나와 보훈이가 덩그러니 남겨졌다. 여섯 살짜리 눈치 살피며 꼭지만 질경 씹어대던 이마 위로는 기분 좋은 봄바람이 내려앉았다.

보훈이는 자기 누나가 어디 가든 말든 진득한 손바닥으로 쥠쥠 하며 맞은편 돌담 무늬를 구경했다. 바람 탓에 두 갈래로 갈라진 그의 앞머리를 조심스레 정리해줬다. 다행히 내 손길을 거부하지 않았다. 잠자코 누나를 기다리는 모습이 귀여워 물끄러미 쳐다보다 교복 셔츠 소매로 손을 닦아주며 소심하게 물었다.

"사이다 맛 좋아해?"

"…."

"이거, 꼭지. 나 줘서 고마워. 맛있었어."

"…."

"… 말 걸어서 미안. 누나 곧 올 거야."

"…."

속을 비워 뻐끔대는 쭈쭈바를 만지작거리던 보훈이가 두 다리 팔랑이며 옹알거렸다.

"누나 친구야?"

"응?"

"누나 친구야?"

"아, 아니. 나는 보현이 언니보다는 동생이고…. 친해지는 중이야."

아마도…. 나도 꼭지만 만지작거렸다. 보훈이는 고개를 홱 돌려 나를 올려봤다.

"우리 누나 무셔."

"보현이 언니가?"

"응. 우리 누나 무셔. 서하 누나두 조심해."

"나는 서하가 아니라 소하야."

"소하두 조심해야 해애."

'이보현'과 '무섭다'는 물과 기름처럼 어울릴 수 없는 조합으로 느껴졌다. 진심 어린 조언에 고맙다 해야 하나 고민하던 중, 보훈이가 몸을 배배 꼬며 말했다.

"우리 누나 죠아."

"보현이 누나가 좋아?"

"응."

"어떤 점이 제일 좋아."

"맨날 나 쭈쭈바 사 죠. 그래서 죠아."

"쭈쭈바는 나도 사 줄 수 있다, 뭐."

움직이느라 가슴께까지 올라간 상의를 어설프게 내려주자 간지럼 태우는 줄 알고 히죽 웃어댄다. 빠진 아랫니 두 톨을 대신 채우는 웃음소리에 색이 있다면 샛노란색일 것이다. 그새 낯이 풀린 건지 보훈이는 내 옆에 좀 더 붙어 열심히 옹알거리기 시작했다.

"우리 엄마는 병원에 있는데. 누나가 엄마보다 튼튼하구 강해."

"진짜? 보현이 누나 최고다. 그치."

"웅. 우리 누나 최고야. 나는 누나 없으면은 못 살아."

보훈이가 진득한 검지로 본인의 볼을 긁었다. 이내 이어지는 그의 말은 내 심장까지 긁어 댔다.

"누나가 엄마처럼 안 되면은 좋겠어."

"…."

어린아이의 눈에는 안 보이는 게 없다는 말이 떠올랐다. 보훈이는 이미 무언가를 알고 있는 사람처럼 또박또박 발음했다. 보훈이의 하루는 언니로부터 시작되고 끝난다. 누나가 세상의 전부인 동생을 생각해서라도 묵묵히 버텨와야 했을 언니는 죽음을 쉽게 택할 수도 버릴 수도 없는, 꿈만을 좇아갈 수도 포기할 수도 없는 비망한 갈림길에 우두커니 설 수밖에 없었던 것이다. 동생의 속마음을 아는지 모르는지 보현 언니는 자동차 경적에도 놀란 기색 없이 횡단보도를 건너왔다. 보훈이 앞에 쪼그려 앉아 구해온 물티슈로 그의 옷부터 손까지 익숙하게 닦아내기 시작했다.

"소하야. 우리 다음 활동은 다음 주 수요일이지?"

"응. 영화는 잘 만들어지고 있어?"

"으응. 조금 남았기는 하지만 마저 잘 만들어 봐야지."

이왕이면 좋은 작품을 보여 주고 싶거든. 보현 언니가 아까의 보훈이처럼 웃었다. 벤치를 맴돌던 아이스크림 향이 언니의 입가에 안착했을 거라 생각될 정도의 달달한 미소였다. 병문안 시간이 다가오자 보훈이는 언니가 시키지 않아도 나에게 먼저 손인사를 했다. 그와 같이 손을 흔들던 언니는 병원 쪽으로 걸어가다 등에 동생을 둘러업었다. 단단하지 못한 그녀의 체구는 불안하게 흔들리다 금세 안정감을 되찾았다. 공중을 동동 차는 보훈이의 작은 두 발에는 엄마를 보러 간다는 설렘이 고스란히 담겨 있었다. 나는 아무 말 않고 그저 둘의 뒷모습이 사라질 때까지 소매에 묻은 사이다 향을 맡았다.

이 찬란한 벚꽃길이 언니의 아픔을 한가득 치유해 주기를 바라며.

* * *

D-5

아빠를 일주일 만에 만난 건 내가 등교하려 현관에서 신발을 신을 때였다. 엄지발가락이 아플 정도로 작은 신발에 왼발을 욱여넣던 도중 들리는 도어록 소리는 모든 동작을 멈추게 했다. 바깥 인간은 비밀번호를 계속해서 잘못 입력하다 문을 발로 여러 번 차기 시작했다. 거친 발길질은 내가 아빠임을 단번에 알 수 있는 오싹한 힌트였다.

나는 성난 아빠를 대신해 문을 열었다. 훅 끼치는 술 냄새가 오바이트를 유도했지만 숨을 꾹 참고 신발을 마저 신었다. 가뜩이나 정신 못 차리는 아빠의 심기를 건드리고 싶지 않았다. 취한 아빠는 머리를 다친 뻐꾸기처럼 딸꾹이다 내 어깨를 밀치고 집 안으로 들어갔다. 아빠의 타박거리는 걸음 하나하나에 나의 심장이 맞춰 쿵쾅댔다. 빨리 나가야겠다는 생각밖에 할 수 없었다. 현관문 손잡이를 돌리는 순간 뒤에서 들려오는 걸쭉한 목소리가 나의 발길을 붙잡았다.
"어디 가냐?"
"학교 가요."
"라면 하나 끓이고 가."
마른 팔뚝과 불뚝 튀어나온 술 배. 바리깡으로 대충 밀어 듬성듬성 회색기가 도는 까까머리. 시뻘건 얼굴로 거실 벽에 힘겹게 기대앉은 아빠의 모습은 날이 갈수록 피폐해졌다. 그런 아빠의 사나운 협박을 무시할 수 없었다. 까딱했다가는 당장이라도 걸어와 뺨을 후려칠 것 같은 눈빛이 무서웠다. 나는 어렵게 신은 신발을 벗고 부엌으로 가야만 했다. 냄비에 물 받는 손이 발발 떨렸다. 아침부터 모락모락 피어나는 라면 냄새에 침이 고이기는커녕 입안이 바짝 메말라 갔다. 라면이 끓는 삼 분 동안 맺힌 발바닥 땀은 새 양말을 홍건하게 적셨다. 라면 냄비와 낡은 수저를 아빠 앞에 놓아드렸다. 목 꺾어 어깨를 긁어대던 아빠와 눈이 마주쳤다. 두 눈 밑으로 뚝 떨어진 다크서클은 둘 사이의 어둑한 긴장감을 조성했다.

"김치 없어?"

"가져다 드릴게요."

"술은. 술은 없어?"

"냉장고에요?"

"어."

"술은 없어요. 저번에 드신 게 마지막…."

끝내지 못한 문장을 가로챈 것은 다름 아닌 날카로운 파열음. 집 들어올 때부터 손에 쥐고 있던 빈 술병을 벽에 냅다 던져버린 아빠가 만들어낸 소리였다. 자식새끼가 지 애비 술도 안 쟁여놓고. 으유 이 씨발년을 확…. 나는 아빠의 폭언을 듣는 와중에도 꼼짝 할 수 없었다. 도망쳐야겠다는 생각보다 앞서는 극도의 공포심이 아나콘다처럼 온몸을 휘감았고 이 공포심은 곧 나를 질식시켜 꿀꺽 삼키기 직전이었다. 거실을 난장판으로 만든 초록색 술병 조각들은 눈치 없이 영롱하게 반짝였다. 코끝까지 기어오르는 알코올 향이 나의 교복에 스미기 시작했다. 씻어도 사라지지 않는 아빠의 냄새가 배는 기분이 좆같아서 학교고 나발이고 당장이라도 모든 옷을 세탁기에 처넣고 싶었다.

그래도 나는 오늘 학교를 가야 했다. 오늘은 자몽살구클럽 활동이 있는 날이니까. 누구 눈치 볼 필요 없이 웃을 수 있고 말할 수 있는 날이니까. 삼 학년 언니들과 보현 언니를 살리기 위해 존재하는 날이니까. 우리의 목숨이 걸린 중요한 날이니까. 무슨 일이 있어도 나는 오늘 학교에 가야만 했다.

얼어붙은 발바닥의 방향을 천천히 바꿨다. 희뿌연 김이 아빠의 얼굴을 가리는 틈을 타 나는 무작정 현관문을 향해 뛰어들었다. 오로지 손잡이만 바라보며 달렸다. 아빠는 나의 동태가 파악되자마자 목에 핏대를 세웠다. 그러나 그의 취기는 서둘러 일어나 뒤쫓아오려는 것을 스스로 방해했다. 나는 비틀거리며 집구석 이곳저곳에 몸 처박는 아빠를 뒤로 한 채 앞만 보고 달렸다. 라면 국물 엎어지는 소리가 들려와도, 젖은 발바닥에 유리 조각 하나 푹 박혀도 도망을 멈추지 않았다. 멈출 수 없었다. 복도에 울려 퍼지는 아빠의 쌍욕이 작아질 때까지, 심장을 두드려 패는 폭력적 소음이 완전히 사라질 때까지, 폐 두 쪽이 쪼그라들어 호흡을 짜내야 할 때까지 나는 달려야 했다. 몇 년 전 여름의 엄마처럼. 아빠로부터 도망쳐야만 했다.

골목길을 뛰쳐나오는 순간 언니들의 얼굴이 번뜩 떠올랐다. 언니들은 오늘과 같은 일이 생길 때면 언제 어디서든 나를 아빠로부터 구해 줄 것 같았다. 아빠의 만행에 쌍욕 시원하게 말아 주고, 술병 안에 든 술을 죄다 물로 바꾸는 통쾌한 복수를 대신해 줄 것 같았다. 이 바득 가는 아빠의 모습을 몰래 지켜보다 하늘이 부서질 듯 큰 소리 내어 웃어 줄 것 같았다. 그렇게 아빠는 내 인생에서 아무것도 아닌 짐승이라고, 그러니 더 이상 상처받지 않아도 된다고, 그렇게 할 수 있도록 도와주겠다고 얘기해 줄 것 같았다.

힘 산뜩 들어간 탓에 평소보다 욱신거리던 엄지발가락이 신발 안에서 피를 터뜨렸다. 도란도란 얘기 나누며 등교하는 학생들을, 하얀 선이 둥글게 그어진 운동장을, 아침 특유의 서늘한 공기가 맴도는 계단을 올라갈 때에도 나의 뜀박질은 계속됐다. 동시에 언니들 생각도 계속됐다. 언니들은 지금 어디 있을까? 언니들은 지금 내 꼴을 보면 어떤 반응을 보일까? 나의 신발을 서둘러 벗기며 괜찮냐고 물어봐 줬으면 좋겠다. 그게 아니라면 그냥 아무 말 없이 안아 줬으면 좋겠다. 그거라면 난 버틸 수 있다. 언니들은 나의 유일한 동아리 부원들이자, 구원자이자, 우리니까.

　옥상 문이 보였다. 문과 벽 틈으로 희미하게 번지던 빛은 계단을 미끄러져 내려와 내 손을 휘어잡았다. 후들거리는 다리로 계단 하나하나를 뛰어올랐다. 가까워지는 문에 눈시울이 붉어지는 게 느껴졌다. 안도감 때문인지 서러움 때문인지 구별하는 것은 나중으로 미루기로 했다. 저 문 뒤에 언니들이 있다. 저 문만 열면 나는 아빠로부터의 도망을, 자몽살구클럽의 공동 목표를 이룬 사람이 된다. 나를 살리고 보현 언니를 살릴 수 있다. 저 문을 열면. 저 문 하나만 열리면.

　마지막 힘을 쥐어짜 열어젖힌 옥상 문은 나를 푸른 하늘 아래로 끌어 데려갔다. 문고리를 놓친 탓에 무릎을 시멘트 바닥 위로 갈았다. 무릎보다 쓰라린 가슴은 뒤늦게 휘몰아치는 고통들을 감내해야 했다. 나는 그 자리에 그대로 쓰러져 바닥에 볼 처박고 가쁜 숨을 토해냈다. 오래 엉켜 있던 눈물이 중력의 도움을 받아 두 눈으로부터 풀려났다. 바닥을 적시는 눈물방울에 뜬 뭉게구름과 하루의 시작을 알리는 새소리. 이토록 평화로운 세상에 평화롭지 못한 내가 살아간다는 게 믿기지 않을 때가 많다. 오늘 같은 날은 더욱 그랬다. 이럴 때면 그냥 눈 꾹 감고 아무렇지 않게 평화로운 척하는 것이 나의 유일하고도 비통한 대처법이다.

　시각을 차단당한 몸은 청각이 곤두세워지기 마련이다. 바닥과 맞닿은 귀 한쪽에서는 바닥을 요란하게 울리는 발소리의 진동이 느껴졌다. 나의 구원자들이 달려오는 소리. 언니들은 엎어진 내 몸을 일으켜 구석구석 살피더니 붉게 물든 신발을 발견했다. 뭐 하나 꼬투리 잡고 물어볼 법한데 그저 아무 말 않고 나를 꽉 껴안아주었다. 비행기 두 대가 옥상 위를 가로지를 때까지, 느려질 생각 않던 심장박동이 원래 속도로 돌아갈 때까지, 벌렁이던 호흡이 아물 때까지 우리는 저 빛처럼 따스하게 얽혀 서로의 숨결을 느끼는 데에 집중했다. 언니들의 품속에서 고개를 이리저리 틀면 각자의 주인을 닮은 향이 코끝을 맴돌았는데, 이 향들이 주는 안락함은 감히 말로 설명할 수 없었다. 숨을 깊게 들이마신 채 얼굴을 떼어내고는 한 명씩 눈을 맞췄다. 굳이 고맙다는 말을 입 밖으로 꺼내지 않아도 내 마음을 다 알고 있다는 표정들이었다.

보현 언니가 보드라운 두 손을 내게 뻗었다. 야무지게 그러쥔 양손에다 체중 실어 몸을 일으켰다. 끝내 구멍 나버린 신발코를 비집고 들어오는 바람이 시원했다. 나는 언니들이 부축하는 곳으로 느리게 움직였다. 눈길 하나 닿기 어려운 구석으로. 우리만의 파릇한 비밀이 있는 곳으로. 그곳에는 어느 하나 못 피어난 싹 없이 오, 월, 칠, 일 모두가 고개를 내밀어 옥상의 평화를 만끽하고 있었다. 솔솔 부는 바람과 얼싸안은 초록 줄기들이 기분 좋게 몸을 흔들었다. 단 한 번도 무언가를 피워내지 못했던 나의 지난날들도 바람 타고 모조리 날아가는 것 같았다. 어깨를 토닥이던 유민 언니가 기나긴 정적을 깨부쉈다.

"발아를 축하해."

와아아! 말 끝나기가 무섭게 태수 언니는 길쭉한 두 팔로 우리를 와락 껴안았다. 셋을 한꺼번에 들어 올리려다 경악하는 우리의 비명 소리에 킥킥대면서도 힘을 풀지 않았다. 기쁨을 주체하지 못한 우리는 머리를 맞댄 상태로 몇 바퀴를 빙글빙글 돌았다. 강강술래 세리머니는 세상이 핑핑 돌 때쯤에야 겨우 멈출 수 있었다. 끄떡없어 뵈는 태수 언니가 그제야 내 발목을 붙잡고 흔들었다.

"너 발 이거 왜 이래. 어? 누가 이랬어. 어떤 새끼야."

"아빠가 그랬어."

"아빠 이 씹새가…."

"얼른 보건실 가자. 같이 가줄게."

"계단 내려갈 수 있겠어? 업어줄까?"

자몽살구클럽 활동이 분주해질수록 커지는 행복은 모순적이게도 불완전한 감정들까지 데려온다. 함께 몸을 키워가는 불안이 폭파하는 날이 온다면. 삶을 죄 뒤덮는 어마어마한 재앙이 찾아온다면. 그때의 우리는 오늘처럼 꾹꾹 뭉쳐 생존할 수 있을까? 오늘의 구원을 갚을 수 있는 미래가 나에게 존재할까? 존재하는 거라면,

그날의 바람이,

하늘이,

언니들이

변함없이 오늘 같으면 좋겠다.

* * *

D-day

태수 언니의 품에서 과자 봉지가 우수수 떨어졌다. 그 광경을 마주한 유민 언니의 불만도 우르르 떨어진다. 야 과자 파티 하러 왔어? 아 원래 영화 볼 때는 주전부리가 필수라구용. 계속 부스럭거리면 진짜 쫓아낸다. 응 대빵인 내가 쫓겨날 일은 없다구용. 응 있어. 응 없어. 응 있어. 응 없어. 빨리 보현 언니가 와서 이 둘의 싸움을 중단시켜 주기를 바랐다. 내 마음을 읽은 건지 보현 언니는 고작 삼 분 밖에 지각하지 않았다.

"오셨어요 감독님?"

"아이잇. 그러지 마요, 진짜…."

보현 언니는 유민 언니의 장난에 오늘따라 더 수줍어했다. 긴장한 듯 목덜미를 쓸어내리다 크로스백 뒤져 조그마한 usb를 꺼냈다. 그녀의 손에 들린 usb를 재빠르게 낚아챈 태수 언니가 음악실로 뛰어나갔다.

"이왕이면 큰 화면으로 봐야 하지 않겠냐? 이보현 감독님 첫 데뷔작인데."

음악실 컴퓨터와 연결된 티비에는 곧 파란색의 외부입력 화면이 띄워졌는데, 이는 주황빛 햇살과 어우러져 낡은 공간을 몽환적인 시네마로 바꿔주었다. 컴퓨터에 연결된 usb에는 '바다와 토마토'라는 제목의 영상 하나가 있었다.

"감독님이 직접 시작해 주셔야죠. 저는 일개 관객인 걸요. 저 앉아서 과자 뜯어야 해요."

"알겠어요. 알겠다구요…."

태수 언니로부터 바통을 넘겨받은 보현 언니는 컴퓨터 화면을 몇 초간 바라보더니 재생 버튼을 눌렀다. 마침내 보현 언니의 데뷔작이 상영된다.

화면을 가득 채우는 도마 위 빨간 토마토. 쏟아지는 수돗물에 진흙이 씻겨 내려가 껍질이 먹음직스럽게 반짝인다.

「토마토만큼 몸에 좋은 채소가 또 없지. 면역력부터 해서 탱글한 피부까지 지켜준단다. 새콤한 맛은 가끔 사람의 기분을 상쾌하게도 만들구. 오늘은 네가 좋아하는 토마토달걀볶음을 해볼 거야. 우선….」

중년 여성의 나긋한 목소리와 함께 과도의 날이 토마토 몸을 뚫고 들어간다. 토마토의 즙이 사방으로 터지는 순간 화면이 빠르게 전환된다. 무서울 정도로 고요한 입원실. 그 안에서는 내레이션 목소리를 닮은 기침 소리만이 울려 퍼진다. 환자복을 입고 누워 있는 사람의 얼굴은 간호사 등에 아슬히 가리어진다. 기침 소리에 맞춰 이불 위에 뿜어지는 피가 붉다 못해 검다. 나뒹구는 휴지와 분주해진 의료진들을 끝까지 담지 못한 카메라 앵글이 위태롭게 흔들린다. 하얀 손에 들린 볼bowl 속 계란이 젓가락으로 마구 풀어진다. 달궈진 팬에 달걀물이 촤르르 헤엄치며 영역을 넓혀간다. 노릇노릇 샛노란 달걀이 동그라미 모양으로 구워지다 바다 위 태양이 된다. 울렁이는 태양열과 타들어가는 태양의 열기는 계란이 구워지는 과정과 묘하게 어우러진다.

「소금과 후추를 뿌려 줍니다.」

소금처럼 반짝이는 윤슬과 후추처럼 까슬한 모래가 그날 바다의 현장음과 함께 화면을 채운다. 태수 언니와 유민 언니가 등장한다. 물장구

치며 투닥이는 언니들의 모습이 나름 로맨틱하게 나와 우리 모두의 웃음을 자아낸다. 카메라가 반대편으로 회전하더니 내가 나온다. 머리카락이 바람에 죄다 휘날려 얼굴을 반쯤 가린 채 바보처럼 헛기침만 해대고 있다.

「… 무슨 말을 해야 할지 모르겠어.」
「괜찮아. 그냥 너대로 있으면 돼.」

그날 보현 언니와 짧게 나눴던 대화가 들린다. 카메라에 어색하게 담긴 미소와 그에 대답하는 언니의 웃음소리가 꾸밈 하나 없이 모두 담긴다.

가열된 팬이 요란하게 움직이며 지글지글 소리를 낸다. 먹음직스러운 볶음이 가정용 접시로 옮겨진다. 중년 여성의 기분 좋은 콧노래가 은은하게 들린다.

「완성! 이제 여기다가 참기름 한 방울을 똑 떨어뜨리면 더 맛있어져. 참기름 좀 들고 와줄래?」

김이 피어오르는 접시 위로 한 방울의 참기름이 똑 떨어진다. 빠르게 전환되는 화면. 누군가의 손등에 꽂힌 한 방울의 수액이 참기름을 따라 똑 떨어진다. 그렇게 한 방울 두 방울 적막을 규칙적으로 깨뜨리는 소리가 몇 초간 지속된다. 고요한 입원실 침대 위 사람이 보인다. 창밖을 응시하려 오른쪽으로 돌린 목의 뼈가 안쓰럽게 도드라질 정도로 깡마른 몸. 그 몸을 포근하게 감싸는 파도 소리가 점점 커진다. 영화의 끝을 알리듯 깜깜해진 모니터에 우리 넷의 얼굴이 비친다.

크레딧이 올라간다. 촬영 이보현. 시나리오 이보현. 출연 정미혜 하태수 나유민 김소하. 우리 셋은 보현 언니를 향해 박수와 환호를 보내기 시작했다. 부라보! 부라보! 크게 부풀린 몸짓을 해대며 박수 치던 언니들이 말했다.

"감독님. 영화 너무 잘 봤어요. 너는 진짜 할리우든가 뭔가 그거 꼭 갈 거야. 내가 남의 운빨 맞히는 건 또 기가 막히거든. 근데 감독님. 저희 출연료는 따로 안 주나요?"

"너는 지금 이 상황에서 꼭 그런 얘기를 해야 해? 보현아. 진짜 대박이다. 내레이션부터 해서 영상미까지 정말 좋았어. 다 같이 바다 간 보람이 있네."

언니들은 말을 끝마친 뒤 나를 쳐다봤다. 내 피드백을 모두가 기다리고 있었다. 전문 용어 섞어가며 비평하는 영화 평론가처럼은 못할 게 뻔해 우물쭈물하다 보현 언니를 향한 진심을 뱉기로 했다.

"오랜만에 본 영화가 언니 영화라 좋았어. 우리한테 제일 처음으로 보여 줘서 고마워."

"아하하. 이게 뭐라구. 내가 더 고마워. 수정할 부분이 많지만 올해가 지나기 전에는 공모전에 꼭 내보려 해…. 다음 병문안 때 엄마한테도 한번 보여주려구."

"너무 좋아하실 것 같아. 어머니는 분명 언니를 자랑스러워하실 거야."

내 말에 보현 언니가 한껏 웃었다. 이제껏 봐 왔던 보현 언니의 웃음 중에 가장 크게 피어난 웃음이었다.

이십 일이라는 시간 동안 보현 언니의 꿈은 더 커졌을까? 언니의 마음은 더 단단해졌을까?

오늘까지의 기억들을 양분 삼아 묵묵히 자라난다면 보현 언니는 얼마큼 멋있는 감독이 되어있을까? 얼마큼 부드럽고 사랑스러운 어른이 되어있을까? 나는 문득 언니의 미래를 가까이서 지켜보고 싶다는 생각이 들었다. 전 세계가 알아주는 영화제에서 상을 받는 언니를 실시간으로 축하해 주고 싶다는 생각까지 들었다. 그렇게 보현 언니와 같이 어른이 되고 싶다는 꿈이 생겼다.

보현 언니는 살았고 어쩌다 보니 나도 살았다. 언니의 생존을 위해 함께했던 이십 일은 나의 생존과도 분명 연관됐다. 며칠을 버텨온 대로 하루하루 함께 헤쳐 나아간다면 우리는 죽음 대신 행복과 가까워질 수 있지 않을까? 무사히 늙어갈 수 있지 않을까? 그렇게 언니의 어머니가 완치되는 날이 오고, 보훈이가 초등학교를 졸업하는 날이 오고, 옥상 위 토마토로 토마토 달걀볶음을 직접 해 먹는 날이 오지 않을까? 희망의 연장선 끝에 가까스로 서있는 삶을 이제야 발견한 것만 같다.

살아간다는 건 생각보다 별게 아닐지도 모른다.

* * *

D+3

우리 애기가 언제 이렇게 다 커서 영화까지 만들게 됐대. 어제는 옆 환자실 이모가 "미혜 씨 딸은 어째 볼 때마다 키가 커 있는 것 같애요" 이런 얘기를 엄마한테 막 하더라니까. 엄마는 바다 보니까 보현이랑 같이 바다 갔던 날이 생각나. 그때 보훈이는 너어무 쪼끄매갖구 엄마가 등에다 업었던 거 기억나? 왜, 고사리 같은 보현이 손 엄마가 꼬옥 잡고 모래 걷다가 신발 싹 젖었던 날. 보현이가 되게 아끼던 부츠라 와앙 울어버릴까 걱정했는데, 그때 네가 엄마를 올려보면서 막 꺄르르 웃는 거야. 겨울이었지만 그때 보현이 웃음은 정말 여름 햇살 같앴어. 토마토도 그때 펜션에서 얘기했던 것 때문에 영화에 나온 거지? 엄마가 기억 못하는 게 어디 있어.

보현이 태어나던 때도 아직 눈앞에 생생한데…. 학교는 재미있게 잘 다니구 있어? 작은 애기는 유치원에서 말썽 안 피운대? 얼른 나아서 보현이랑 여행도 또 가고 토마토달걀볶음 또 해 주고 싶네. 에구. 왜 울구 그래. 엄마 못생겼어? 알았어, 알았어. 엄마가 빨리 다시 예뻐져 볼게. 울지 마, 응? 에구구. 엄마가 보현이한테 미안한 게 너무 많아. 너무 많아서 보현이만 생각하면 눈시울이 붉어질 정도야. 근데 엄마가 아까 말했지. 보현이 네 웃음은 여름 햇살 같다고. 우리 애기는 웃는 게 제일 예뻐. 그러니까 보현아. 어떻게든 웃어넘길 수 있는 하루하루를 살아. 보현이를 웃게 해 주는 사람들, 웃게 해 주는 일만 품에 가아득 안고 살아. 그래야 엄마랑 다르게 아픈 곳 없이 행복하게 살 수 있어. 엄마는 그거면 돼. 보현이가 행복하게 사는 거. 그거 하나면 돼. 정말이야. 사랑하는 우리 애기. 엄마는 항상 네 곁에 있을 거야. 너무너무 사랑하는 우리 애기. 언제 이렇게 커갖구….

03 하태수는 살구 싶다

D-20

"나는 그냥 고삐 풀린 망나니처럼 같이 놀아주기만 하면 돼. 그거면 진심 오백 살까지 살 수 있을 듯."

"그치만 디데이 리셋 날에는 본인이 죽고 싶은 이유를 밝히는 게 자몽살구클럽 규칙이잖아."

"크흠. 대장은 어쩔 수 없이 룰을 어겨야 할 때도 있는, 악."

유민 언니에게 옆구리살 꼬집혀 끼잉거리던 태수 언니가 후드집업 주머니에서 오만 원 수십 장을 꺼냈다. 대충 가늠해도 오십만 원은 훌쩍 넘길 듯 보였다. 그녀는 꼬깃꼬깃 접힌 지폐를 보기 좋게 펼치더니 음흉한 미소를 띠며 말했다. 나 오늘 이 돈 다 못 쓰면 죽음. 태수 언니를 죽게 내버려 둘 수 없는 건 나머지 셋의 필수 과제였다. 그래서 우리는 지금 미용실에 와있다. 가운 걸치고 사이좋게 쪼르르 앉아 각자의 거울을 들여다보는 중이다. 보현 언니가 옆자리 태수 언니의 머리카락을 만지작거리며 물었다.

"근데 언니 원래 염색한 머리 아니었어요? 햇빛 받으면 거의 주황색이던데요."

"아, 자연갈색이야. 구라 안 까고 진짜야. 나 염색하면 집에서 쫓겨나."

색깔 뭘로 하지. 금발 고? 거울에 비친 갈색 머리를 탈탈 털어내며 아무렇지 않게 일탈을 예고하는 태수 언니가 어떻게 회장이 됐을지 날이 가면 갈수록 궁금증은 커져만 갔다.

염색도 내 인생에서 처음이다. 예전에 아빠랑 같이 놀던 미용실 아줌마 머리가 금발이었는데 그때 그 아줌마처럼 나도 안 어울리면 어떡하나 싶어 심란해졌다. 다행히 머리 전체를 금발로 뒤덮으려는 건 아니었다. 정확한 염색 위치는 왼쪽 귀 뒤였고 한 움큼도 아닌 반 움큼 정도만 물들이는 것이 우리의 계획이었다. 사회적 체면과 원만한 학교생활을 위해 마음먹고 조절했다. 나름 우리 딴에는 도전적이고 호기로운 돈 낭비 프로젝트였다.

우리의 비밀스러운 변화를 책임질 미용사 언니는 딱 봐도 앳돼 보였다. 딸기맛 푸딩처럼 퐁

실거리는 연분홍색 머리와 팔뚝 아래 얼핏 보이는 나비 타투는 갓 스물의 자유를 표현하는 데에 이바지했다. 친화력 좋은 태수 언니는 그녀와 단숨에 친해져 도란도란 얘기를 나눴다. 대부분의 얘기는 학교의 고인 체제를 비난하는 내용이었다.

"고객님 머리가 다른 고객님들 머리보다 훨씬 밝긴 하세요. 근데 진짜 염색모는 아닌데?"

"그쵸. 저 진짜 결백한데 답답해서 미치겠다니까요. 언니가 선도부 쌤한테 저 자연갈색이라고 말 좀 해 주세요."

"꼰대 쌤들은 원래 본인 말이 다 맞다 그러잖아요. 저도 맨날 잡혔거든요. 애초에 염색 이거 쪼끔 한다고 죽는 것도 아닌데. 그쳐?"

약 세 시간 수다 떠는 걸 가만히 듣고만 있었을 뿐인데 시술은 어느새 막바지였다. 태수 언니와 함께라면 시간 가는 줄 모르는 게 좋았다. 젖은 머리를 드라이기로 말려 주던 미용사 언니는 거울로 내 얼굴을 보더니 앞머리를 살짝 들었다.

"고객님은 앞머리를 좀 더 짧게 잘라야 예쁘실 것 같아요. 눈이 되게 예쁘셔서 가리면 손해세요. 커트 비용은 삼만 원인데 진행해 보시겠어요?"

"네? 아, 네. 음. 조금만 고민을….”

"뭘 고민을 해? 잘라 봐. 김소하 눈 좀 제대로 보게. 앞머리는 차피 금방 자라. 커트비까지 내가 내줄게.”

태수 언니의 반응을 나의 의견과 일치시킨 미용실 언니는 앞머리에다 가위를 곧장 가져댔다. 싹둑싹둑 잘려나가는 머리카락이 두 눈 아래 쌓여 광대 부근을 간지럽혔다. 엄마에게 버림받을 때도, 교실에 혼자 엎드려 있을 때도, 아빠에게 쌍욕 먹을 때도 늘 눈을 가리던 앞머리가 점점 짧아지고 있었다. 앞머리 끝에 대롱대롱 매달린 아픈 기억들을 제거하는 기분이었다. 맨눈으로 마주하기 힘들었던 과거들을 이제는 직접 마주해야 하는 시간이, 기회가 찾아온 것이었다. 멈춘 가위질에 눈을 떴다. 가지런한 앞머리와 그 아래 훤히 드러난 두 눈을 마주할 수 있었다. 거울 속 내 모습이 부끄럽고 어색했다. 향긋한 샴푸 냄새가 밴 옆머리를 귀 뒤로 조심스레 넘기면 숨어있던 금발 몇 가닥이 수줍게 튀어나왔다. 그 반동이 귀여워 머리를 헝클었다가 넘겼다를 몇 번이고 반복했다. 검은 머리카락 틈에서 금빛 머리카락은 어두컴컴한 방 안으로 쏟아지는 따스한 빛줄기 같았다.

 어느새 내 자리에 동그랗게 모여 앞머리를 구경하던 언니들도 나를 따라 머리카락을 귀 뒤로 넘겼다. 태수 언니는 예상대로 금발이 잘 어울렸다. 유민 언니는 예상하지 못했지만 꽤나 어울렸다. 언니의 도도한 얼굴과 묘하게 매치되는 색이었다. 자신 없어 하던 보현 언니는 골든리트리버처럼 더 강아지 같아진 게 귀여웠다. 우리는 거울 앞에 나란히 서서 불량소녀들 콘셉트로 사진을 찍었다. 같은 색깔로 물들어있는 같은 부분의 머리카락들이 친한 친구끼리 맞추는 우정의 징표처럼 느껴졌다. 방울소리 내며 흔들리는 미용실 문 틈새의 바람을 탄 금색 빛줄기들이 힘차게 흩뿌려졌다.

계산을 마친 태수 언니가 미용실 문을 박차고 나갔다. 언니는 우뚝 선 채 퀘스트 깬 게임 캐릭터처럼 기지개를 켰다. 미용실 의자에 몇 시간 동안 앉아있느라 찌뿌둥해진 몸을 구출하기 위함이었다. 요란한 몸동작에도 무게감 있는 그의 속눈썹 위로 따스한 햇살이 올라탔다. 찰랑이는 오렌지빛 머리카락 뒤로 얼핏 보이는 금빛은 그 어느 누구의 것보다 반짝이고 있었다. 고개를 뒤로 젖힌 태수 언니가 하늘 향해 두 팔 뻗고 소리쳤다.

"아! 지이인짜 살구 싶다! 살구 싶다! 살구 싶다!"

* * *

D-14

수업 시간을 자습으로 대체하는 선생님들이 많아졌다. 눈 깜짝할 새 더워진 날씨에 창문 활짝 열린 교실 안은 샤프 딸깍이는 소리, 책 넘기는 소리, 이어폰을 비집고 나오는 인터넷 강사의 목소리로만 채워졌다. 다가오는 기말고사의 긴장감이 벌써부터 느껴질 만큼의 고요한 흐름이었다. 안타깝게도 공부에 영 소질 없는 나에게 자습이란 멍 때리는 시간일 뿐이다. 그렇다고 다른 분야에 소질이 있다는 건 아니다. 아무튼, 종일 멍만 때린 탓에 지끈거리는 머리를 부여잡고 소각장으로 향했다. 오늘은 태수 언니가 악기 보관실 말고 소각장에서 만나자 했기 때문이다. 또 무슨 재미난 꿍꿍이를 담고 있을지 궁금해진 발걸음이 빨라졌다.

우리 학교 건물 뒤에는 자갈밭이 있다. 그 자갈밭의 모서리에는 어디론가 통하는 좁은 골목길이 달려있는데, 이 골목길은 귀신들이 다니는 통로로 소문난 지 오래다. 빛 하나 안 들어오는 그늘진 길에 몸을 구겨 넣어 끝까지 걸어가면 산처럼 쌓인 쓰레기 더미와 소각장을 마주할 수 있다. 여담이지만 우리 학교에서 일어나는 폭력적이거나 비위생적인 사건들 대부분이 소각장에서 발생한다. 소문에 의하면 삼 학년 선배 한 명은 거기서 돈을 받고 건너편 학교의 남학생들의 거기를 입으로 빨아 준다고 한다. (평생 알고 싶지 않은 얘기지만 교실에 엎드려있다 보면 별의별 얘기가 다 들린다.) 그 이유로 경비 아저씨나 선생님들의 철저한 감시가 이뤄지는 곳이다. 즉 소각장에 무사히 도착하려면 담력과 인내심, 강한 운빨이 필요하다. 자몽살구클럽 부원으로 살아남기 위한 조건은 꽤 까다롭다는 걸 또 한 번 느끼게 된다.

나보다 운빨이 좋았던 셋은 소각장에 먼저 도착해 바닥에 널브러진 물건들을 구경하고 있었다. 가까이 다가가 짧은 인사 나눈 뒤 따라 구경에 나섰다. 눈에 가장 먼저 들어온 건 낙서 가득한 교과서와 노트들이었다. 모든 책표지에는 '하태수'가 적혀있다.

"작년 교과서들이야?"

"어, 소하 하이. 작년 건 애진작 버렸고 이것들은 지금 쓰는 교과서들이쥐."

"버리려고?"

"응. 다 태워버리려고."

"기말고사 전에 태워도 되는 거야?"

"고럼요. 이미 외워야 할 건 이 머리에 다 있지요."

태수 언니는 나의 끈질긴 질문들에도 귀찮아하지 않았다. 그저 모든 대답을 마친 뒤 바닥에 쭈그려 앉더니 쌓인 교과서들을 눈으로 훑었다. 이내 그것들을 손가락으로 하나씩 찔러댔다.

"도덕 이 씹새는 내가 진짜 할 말이 많아. 도덕 가르치는 양반이 여자애들 가슴이나 훔쳐보고 말야. 언제 잘리는지 모르겠네. 니네도 조심해, 어? 수학 요것도 아주 문제야. 이 할배탕구 학부모 참관일만 되면 순해져서 우리 엄마 앞에서는 굽신거리기 일 등 선수였다고. 그럴 때면 가발을 확 벗기고 싶었다니까, 킥킥. 아, 음악책 꼬라지 개웃다. 수업시간에 '음악' 글자 '홍학'으로 몰래 바꿔 그리다가 음악쌤한테 들켜서 노래 불렀던 거 생각나네. 음악쌤은 나 디게 예뻐해 주셨는데. 피아노도 진심 잘 치시고. 우리 담임이었으면 좋겠다 생각한 적이 하루이틀 아니라니까. 뜬금없는데 너희 나유민 노래 잘 부르는 거 알어? 우리 다음에 노래방도 같이 가자."

"닥쳐."

"넵. 무튼. 이것들 다 버리려고. 남긴다고 뭔 쓸모가 있나 싶어서. 너희도 버리고 싶은 것들 있으면 지금 버려. 같이 태우게. 혹시 모르잖아. 오늘 태운 물건이 하늘 높이 올라가서 너희를 지켜줄 수호신이 될지."

수호신. 그런 게 있을 리 없다. 신 따위가 존재한다면 왜 나를 이렇게 탄생시킨 건지 멱살 쥐어 묻고 싶었던 적 한두 번 아니다. 그래도 언니들과 있는 지금 이 순간만큼은 신이 있다고 믿어보는 것도 나쁘지만 않을 것 같았다.

보현 언니는 염색한 머리에게 자유로움을 선사하고 싶다는 이유로 머리끈을 바닥에 버렸다. 유민 언니도 마찬가지로 손목 옭아매던 시계를 풀어헤쳐 던지며 말했다. 매일 시간 확인하면서 쳇바퀴 굴리는 햄스터처럼 사는 거, 솔직히 재미없긴 해.

나는 무엇을 버려야 할까? 무엇으로부터 자유로워지고 싶은 걸까? 무엇으로부터 자유로워져야만 앞으로의 내가 있을까? 고개 떨궈 낡은 신발을 내려다봤다. 엄지발가락이 우악스럽게 구겨져 신발코가 불룩 튀어나와있는 광경을 눈에 담으니 더 욱신거렸다. 이 년 전, 시장에서 싼값에 구해온 중고 신발을 던지듯 건네던 아빠에게 나는 그저 짐 덩어리였을 것이다. 아빠는 모른다. 내 발, 내 키, 내 가슴의 성장 정도를. 신발끈 묶는 법을 몰라 옆집 아주머니 찾아가 배웠던 그날 밤 쏟았던 서러운 눈물을. 죽고 싶은 마음을 죽이기 위해 발악하고 있는 딸을. 아빠는 모른다. 그는 그저 내 발등을 조이는 신발끈처럼 삶의 목덜미를 짓누르는 존재 그 이상 그 이하도 아니다. 엄지발가락보다 빠르게 썩어 문드러져 가는 건 아빠의 무관심이 폭행보다는 낫다고 위로하는 내 삶 자체였다.

　바득 깨문 이에 도드라지는 턱은 마침내 단단한 결심을 일궈냈다.

　나는 아빠 때문에 괴사하고 싶지 않다.

　허리 숙여 얼룩진 신발끈을 차근차근 풀어헤쳤다. 구멍 하나하나에 끈을 통과시킬 때마다 두 발등이 숨을 틔우며 꿈틀거렸다. 떡 벌어진

설포는 덜렁거리며 지나가는 바람을 불러 세웠다. 덕분에 시원해진 발이 자유를 외쳐댔다.

신발끈을 쓰레기 더미 위로 던졌다. 태수 언니 손을 떠난 라이터를 시작으로 더미에는 서서히 불이 붙었다. 불은 언니의 수학책 모서리부터 야금야금 녹여먹다 살랑이는 바람에 힘입어 옆에 있던 노트를 꿀꺽 집어삼켰다. 타닥타닥 팝콘 튀는 소리가 들리더니 퀴퀴한 냄새와 함께 연기가 뭉게뭉게 피어 올라갔다. 회색 연기는 새하얀 구름 곁으로 다가가 저 멀리 날아가는 새들의 비행을 방해했다. 그 행위를 응원하듯 쓰레기 더미 위 불길은 더욱 거세어져만 갔다. 태수 언니의 책들이, 유민 언니의 손목시계가, 보현 언니의 머리끈이, 나의 신발끈이. 까만 재가 되어가고 있다. 그렇게 그것들은 우리의 인생에서 사라지고 있다.

열기 때문에 땀 맺힌 이마를 닦아내던 태수 언니는 허리를 한껏 꺾어 하늘을 올려봤다. 언니의 두 눈이 흔들리는 게 툭 치면 눈물이 쏟아질 것 같았다. 언니는 지금 무슨 생각을 하며 저 하늘을 쳐다보고 있는 걸까? 기말고사 며칠 전에 책들을 아무렇지 않게 태울 수 있는 이유가 뭘까? 장난꾸러기 모습 뒤에는 어떤 모습이 꽁꽁 숨겨져 있을까? 태수 언니는 알다가도 모를 사람이었다.

"거기 누구야! 언 놈이야!"

연기가 우주를 향해 날아가는 순간이었다. 골목길 부근에서 잔뜩 성난 경비 아저씨의 호통이 들려왔다. 나는 자리에서 벌떡 일어나 언니들을 쳐다봤다. 유민 언니와 보현 언니도 적잖이 당황한 것 같았다. 그때 태수 언니가 우리 셋을 한꺼번에 구석으로 밀어붙이며 소리쳤다.

"야, 야! 경비 떴다! 저쪽으로, 저쪽!"

도망가는 순간조차 태수 언니의 목소리에는 웃음기가 가득했다. 언니가 선두로 뛰어간 곳은 다름 아닌 소각장 옆쪽의 우거진 풀숲이었다. 우리는 줄지어 풀숲으로 뛰어들어갔다. 허리까지 자란 줄기들을 두 손으로 마구 헤집자 잎에 맺혀있던 맑은 이슬방울이 소매를 적셔왔다. 안으로 더 깊숙이 들어갈수록 키 큰 나무들이 무리 지어 우리를 반기고 있었다. 가슴까지 뚫어버릴 듯한 피톤치드 향이 코끝을 아리게 했다. 경비 아저씨에게 붙잡히면 어떡하나 불안해하던 것은 잠시였다. 태수 언니는 환호에 가까운 괴성을 질러대기 시작했다. 언니의 뒷모습은 그 어느 때보다 자유롭고, 평화롭고, 행복해 보였다. 속도를 맞춰 뛰어가다 울퉁불퉁한 내리막길에 신발이 몇 번이고 벗겨질 뻔했다. 널널해진 신발 안으로 축축한 흙이 들어와 발바닥 밑을 굴러댔다. 하나 있는 신발이 쫄딱 젖어갔다. 그래도 웃었다. 이 순간을 기억하고 싶은 만큼 입꼬리를 올렸다.

  한참을 달리자 숲 끝자락에서 희미한 빛이 보였다. 모여있는 빌라 단지의 네모난 창문들과 차들의 경적 소리가 선명해졌다. 정 없던 차콜색 도로의 명도가 눈부실 정도로 높아질 때쯤. 그렇게 현실에 가까워질 때쯤 나는 턱 끝까지 차오른 숨에 해방된 고함을 매달았다. 끝나가는 숲속에는 우리의 시원한 목소리가 오랫동안 메아리쳤다.

우리의 도망칠 길은 어떻게든 존재했다.

* * *

D-8

"이보현! 김소하! 여기, 여기!"

똑같은 하복 차림의 선배들 사이에서 언니들을 찾아내는 건 하늘의 별 따기였다. 야외의 소녀들은 예뻐지기 위해 분주했다. 앞머리를 빗질한다거나, 화장을 고친다거나, 치마를 가슴 아래까지 올린다거나. 졸업사진 촬영을 앞둔 설렘이 투명한 행동들이었다. 그 가운데 누가 봐도 삼 학년 아닌 놈들이 헤매고 있으니 단숨에 발각되는 건 시간문제였다.

아니나 다를까 유민 언니가 우리를 불렀다. 평소 색조 화장을 하지 않는 그녀의 볼과 입술도 오늘만큼은 분홍색으로 귀엽게 물들어 있었다.

"동아리 촬영 차례 딱 잘 맞춰서 왔네? 선생님한테 안 혼났어?"

"잠깐 화장실 다녀온다고 했어."

"저는 보건실요."

"다행이다. 태수는 지금 사진 기사님이랑 싸우고 있어."

또 싸워요? 보현 언니의 되물음을 끝으로 유민 언니는 대답 없이 걸음을 옮겼다. 그곳에는 딱 봐도 무거운 카메라를 들고 곤란해하는 아저씨와 그 앞에서 애걸복걸하는 태수 언니가 보였다.

"아잇, 학생. 사전에 전달받은 동아리들 사진은 다 찍었다니까. 자몽살구클럽? 그런 동아리는 들어본 적이 없어. 여기 자료에도 없고. 학생이 직접 봐."

"아아, 아저씨. 저희 만들어진 지 얼마 안 돼서 그래요. 제가 이래 봬도 이 학교 학생회장이거든요. 제가 따로 쌤들한테 말씀드릴게요. 아, 함만 찍어 주세요. 제발요. 제발, 제발. 아, 함만 찍어 주세요오옹."

어른들은 애교쟁이에 약하다. 태수 언니는 이 사실을 그 어느 애교쟁이보다 잘 알고 있다.

아저씨는 땀에 전 얼굴을 수건으로 닦다 단정히 깎인 풀 앞에 빨리 서 보라 하셨다. 잔뜩 신이 난 태수 언니가 우리에게 얼른 오라고 손짓했다. 가까이서 본 태수 언니의 머리카락이 꼬불거렸다. 속눈썹은 평소보다 훨씬 진해지고 길어졌으며, 웨이브가 들어간 갈색머리부터 화려한 화장은 태수 언니의 미모를 한층 돋우었다. 날이다 싶어 좋은 향수도 뿌리고 온 것 같았다. 레몬과 아카시아가 적절히 섞여 새콤달콤한 향이 참 좋았다.

"포즈 뭐 해야 하지?"

"몰라, 몰라. 시간 없어. 세상에서 제일 강하고 친한 척해. 어깨동무하자, 어깨동무."

태수 언니가 내 어깨를 끌어당겨 밀착했다. 보현 언니는 반대편에서 붙어오는 유민 언니에 의해 나와 어깨를 맞붙이게 되었다. 활짝 웃으라는 태수 언니의 손이 내 겨드랑이를 비집고 들어와 마구 간지럽혔다. 참지 못하고 몸을 수그려 웃음을 터뜨릴 때 아저씨가 신호를 보냈다. 쓰리, 투우, 와안! 셔터 소리가 끝나자마자 태수 언니가 우리 셋을 와락 끌어안았다.
 "내일 죽는다 해도 오늘의 우리는 영원히 기억될 거야!"

＊＊

 D-4
 각 반에는 각 교실을 제외한 청소 구역이 배정된다. (선생님들의 공간마저 학생들이 떠맡아 청소해야 하는, 매우 불공평한 시스템이라 할 수 있겠다.) 우리 반은 교무실 청소를 담당하는데 이번 주 당번은 하필 나였다. 요컨대 교무실 청소는 빠르게 치고 빠지는 게 낫다. 굼뜨는 학생 이미지로 낙인찍힌다면 삼 년 치 고나리를 하루 만에 듣게 될 위험이 잇따른다. 교무실을 채우는 향수 냄새는 오늘따라 더 진했다. 핑 도는 머리를 부여잡고 빗자루질하는데 웬 처음 보는 선생님이 나를 가리키며 다가왔다.
 "너 저번 주에 태수랑 졸업사진 찍던 애지? 태수 반 가서 지금 교무실로 내려와 달라고 해

줄래? 최대한 빨리."

 난감한 표정의 선생님 뒤로는 소파에 앉아 커피를 마시고 있는 여자의 뒷모습이 보였다. 교무실에 진동하는 진한 향수 냄새의 주인 같았다. 심상치 않은 교무실 분위기에 선생님의 부탁을 차마 거절할 수 없었다. 그렇게 나는 삼학년 층으로 올라가 "하태수 선배님 여기 있어요?"라는 물음을 다섯 번이나 던져야 했다. 조급한 선생님 마음을 아는지 모르는지 태수 언니는 온데간데없었다. 뭔 일이 있겠지 싶다가도 내가 언니를 데려가지 못하면 괜히 나한테까지 불똥이 튈 것 같았다. 벌써부터 억울하다. 무슨 수를 써서든 언니를 빠르게 교무실로 데려가야만 했다.

 혹시나 하는 마음에 계단을 한 층 더 올랐다. 아주 만약 태수 언니가 일부러 숨어있는 상황이라면 우리 아니고서야 다른 발길이 닿지 않는 음악실로 갈 거라 추측했다. 나름 일리 있다고 생각했다. 그치만 언니는 내 예상을 빗나갔다. 음악실에는 아무도 없었다. 좀처럼 나타나지 않는 태수 언니에 나까지 조급해졌다. 마지막 선택지인 옥상으로 가 보려 음악실 문을 다시 여는 순간, 악기 보관실에서 쿠당탕거리는 소리가 들렸다. 자몽살구클럽의 신입부원이 된 첫날과 유사한 소음이었다.

정확히 십 초 뒤에 보관실 문이 열렸다. 내가 그토록 찾아다니던 태수 언니였다. 언니의 얼굴은 찜질방의 열기를 못 참고 뛰쳐나온 사람처럼 불그스름했다. 어디 아픈 건가 걱정이 될 정도로 숨을 가쁘게 몰아쉬는 언니를 우선은 찾았다는 안도감을 느낄 찰나에 누군가 뒤따라 나왔다. 유민 언니였다. 유민 언니의 얼굴은 태수 언니만큼 빨갰다. 늘 단정하던 교복 단추가 어쩐 일로 하나씩 밀려 있었고, 헝클어진 머리를 다급히 정리하는 그녀의 목선에는 땀이 흥건했다. 옆에서 숨을 고르던 태수 언니가 덤덤하게 물었다.

"무슨 일이야?"

"아, 그. 교무실에서 언니 찾아오래. 최대한 빨리 내려와 달래."

"아, 진짜? 오케이. 바로 갈게."

땡큐. 태수 언니가 내 어깨 두어 번 두드리고는 급하게 음악실을 빠져나갔다. 자몽살구클럽 활동일도 아닌데 둘이 보관실에서 나오는 게 의아했다. 홀로 남아 안경을 매만지는 유민 언니에게 물었다.

"언니 어디 아파?"

"응? 아니. 이제 여름이라 보관실 안이 더워서…."

"언니 교복 단추…."

"아."

유민 언니가 나를 힐끗 보더니 몸 돌려 단추를 다시 끼워 넣고는 손등으로 턱을 톡 톡 치며 땀을 닦았다. 얼굴만 대충 넣어본 보관실 안에서는 더운 열기가 마중 나왔다. 같이 내려가자는 차분한 목소리와 달리 우왕좌왕 행동하는 유민 언니가 낯설었다.

유민 언니와 함께 내려간 교무실 분위기는 아까보다 더 삭막했다. 선생님들은 소파에 있던 여자와 태수 언니의 거리를 떼어놓으려 쩔쩔맸

다. 무섭다고 전교에 소문난 선도부 선생님마저 여자 앞에서는 찍 소리 못했다. 귀티 나는 옷차림에 우아한 목소리의 여자는 무슨 이유에서인지 목에 핏대 세워가며 태수 언니를 향해 삿대질했다. 어머님, 진정하세요. 태수 어머님…. 격앙되는 어른들의 몸짓 사이 우두커니 서있는 태수 언니는 차가운 바다에 잠겨가는 외딴섬 같았다. 시선을 바닥에 고정한 채 움츠러든 어깨는 태수 언니 것이 아니었다. 언니는 어딘가 주눅 들고, 외롭고, 위태로워 보였다. 처음 보는 모습이었다. 내가 아는 언니는 낯선 어른들 앞에서도 절대 기죽지 않는 사람인데. 도무지 적응할 수 없는 광경에 입도 뻥긋 못 할 새. 그러니까, 교무실 공기가 찢기는 마찰음과 함께 태수 언니의 고개가 돌아간 건 정말 눈 깜짝할 새였다. 순식간에 벌어진 일에 그 자리에 있던 모두가 말을 잃었다. 꾸역꾸역 고개를 제자리로 복구한 언니의 눈에서 애처로운 눈물이 툭 떨어졌다. 체육선생님이 언니를 본인의 등 뒤로 끌어당겨 보호하자 여자는 더욱 분노하며 목소리를 높였다. 청소를 마무리하기에는 아수라장이 된 교무실에 차마 들어갈 수 없었다.

이 상황을 함께 목격한 유민 언니의 두 눈이 위태롭게 흔들렸다. 할 수 있는 거라고는 교무실 문을 붙잡는 것뿐인 그녀의 손톱은 피가 통하지 않아 보라빛이었다. 그러나 아무래도 상관없는 듯했다. 유민 언니의 눈은 오로지 태수 언니만을 향해 있었다.

***

D-1

악기 보관실 문을 열어젖힌 태수 언니의 한쪽 뺨이 한껏 부풀었다. 어딘가 불편한 듯 어기적 들어오는 언니에게 무슨 일이 있었냐고 굳이 물어보지는 않았다. 며칠 전 직관한 교무실 사건이 겹쳐 보이는 탓에 스스로 답을 유추할 수 있었기 때문이다. 태수 언니는 여느 때와 다름없이 짧은 손 인사를 모두에게 날렸다. 바닥에 주저앉는 데에는 평소보다 오랜 시간이 걸렸지만.

걱정하는 눈빛의 유민 언니가 입 열었다.

"또 맞았어?"

"언급하지 마."

"안 하기에는 꼴이 엉망이니까 그러지."

"유민아, 내가 걱정돼? 난 니가 걱정돼."

영화 〈아가씨〉 속 히데코의 명대사를 따라 하며 무거운 분위기를 띄우려던 태수 언니가 곡소리와 함께 몸을 다시 일으켰다. 언니는 엉거주춤한 자세로 보관실 문고리를 돌려 음악실로 걸어나갔다. 피딱지 내려앉은 입술이 수분기 하나 없이 옴죽거렸다.

"오늘 스트레스 제대로 풀어야겠으니까 니네 다 일로 나와 봐."

굳은 표정의 유민 언니가 곧장 따라 나가 태수 언니의 턱을 붙잡더니 얼굴을 이리저리 돌려 살폈다.

"야, 하태수. 이 정도면 스트레스 풀 생각 말고 병원 갈 생각부터 해야지."

"아아, 뭐래요. 병원은 무슨. 이 지랄 난 게 한두 번도 아니고."

비켜. 노래 틀 거야. 투박한 말투와는 다르게 유민 언니의 손길을 약하게 밀어낸 태수 언니는 마우스 몇 번 딸깍이다 티비를 틀었다.

티비에는 90년대 록밴드 Girl의 '아스피린' 무대가 재생됐다. 과일 맛 사탕 껍질만큼 알록달록한 옷을 입은 남자들이 각자의 악기를 연주하며 리듬을 타기 시작했다. 관객들의 격렬한 환호 소리가 뒤섞여 더욱 경쾌해진 반주 위에 연두색 옷을 입은 남자의 거친 목소리가 올라탔다.

끔찍한 일이 될 거야 달링

어른이 된다는 그 상상만으로도 내겐

숨이 막혀버릴 것 같은 고통일 거야

어른이 된다는 상상이 고통이라니. 어른이 된다면 돈도 벌 수 있고 아빠로부터 완전히 자유로워질 수 있을 텐데. 이 상상 하나로 겨우 버텨가는 내 마음에는 썩 와닿지 않는 가사였다.

태수 언니는 책상 위에다 발을 올려 삐딱하게 앉은 채 가사를 따라 불렀다. 뮤지컬 배우같이 과장된 연기를 뽐내다 본인의 주먹을 마이크 넘기듯 유민 언니 입술 앞으로 뻗었다. 유민 언니는 지끈거리는 머리를 부여잡다가도 다음 파트를 이어 불렀다. 둘은 몰래 연습한 건가 싶을 정도로 쿵짝이 잘 맞았다. 후렴이 다가오자 언니들은 보현 언니와 나의 손을 붙잡아 일으켰다.

"으아아. 나 이 노래 잘 몰라."

"원래 음악은 느끼는 거야. 나 따라 해!"

태수 언니는 내 어깨를 꽉 붙들어 본인 앞에다 세웠다. 그러고는 의식 치르는 인디언들처럼 원을 그려 빙글빙글 돌기 시작했다. 언니의 스텝에 발걸음이 여러 번 떠밀렸지만 언니는 나를 답답해하지 않았다. 힐끔 내려본 어깨 위 두 손등에는 칼로 벤 상처가 그득했지만 언니는 아픈 걸 티 내지도 않았다. 그저 노래 박자에 맞춰 두 손을 천장으로 뻗었다 내렸다를 반복했다. 한껏 뒤로 젖힌 목 옆에서는 저번 주에 염색했던 금빛 머리카락이 찰랑거렸다. 나는 태수 언니와 눈이 마주칠 때마다 묘한 감정에 휩싸였다. 아무렇지 않은 게 아닐 그녀는 아무렇지 않게 코러스로 깔리는 '음빠음빠'를 개사해서 불렀다.

살구! 싶어! 살려! 줘요!
죽고! 싶지! 않아! 슈비슈바
살구! 싶어! 살려! 줘요!
제발! 제발! 이런 제길!
이런 게 또 어디 있어 예

간주가 흘러나오자 태수 언니는 곧장 피아노로 달려가더니 무대 위 키보디스트에 빙의해 건반을 손으로 쾅쾅 내려쳤다. 기괴한 화음 쌓이는 즉흥 연주에 모두가 깔깔댔다. 발까지 올려 건반을 찍어 누르던 태수 언니도 부르튼 입가를 위로 올렸다. 이어지는 클라이맥스에 우리는 머리를 미친듯이 흔들었다. 배가 당길 만큼 웃겼고, 바닥을 데굴데굴 구를 만큼 즐거웠다.

경비 아저씨가 와서 나무라도 "좆까세요" 뱉을 깡다구를 온몸에 처바른 태수 언니의 종아리가 눈에 밟혔다. 가로 방향으로 죽 그어진 맷자국들은 눈에 담기만 해도 쓰라렸다. 그치만 내가 태수 언니를 위해 할 수 있는 건 지금 이 순간을 함께 즐겨 주는 것뿐이었다. 그거면 된다는 언니의 부탁을 새겨듣는 것뿐이었다. 어설프게 언니의 춤을 따라 하고, 가사를 몰라도 언니의 입 모양 맞춰 입을 뻐끔대고, 활짝 웃을 때 똑같이 활짝 웃어 주는 것. 그녀를 위해 내가 할 수 있는 가장 큰 위로였다. 나는 언니가 진심으로 행복해지기를 빌었다. 부모님으로부터 억압된 자유를 손에 넣어 이 세상에 흩뿌려주는 어른이 되기를 빌었다. 언니의 생존을 빌었다. 자몽살구클럽의 영원을 빌었다. 간절한 것들이 많아질수록 가사가 선명하게 들려왔다. 나는 그 어느 때보다 크게 따라 불렀다.

이런 제길. 이런 게 또 어디 있어어어. 이런 제길. 이런 게 또 어디 있어어어.

* * *

D-day

모두가 잠든 새벽, 태수 언니는 학교 옥상에서 투신자살을 했다.

우리라는 아스피린은 효과가 없었다.

04 나유민은 살구 싶다

D-20

유민 언니의 결석으로 자몽살구클럽 활동 불가.

D-20

유민 언니의 결석으로 자몽살구클럽 활동 불가.

D-20

유민 언니의 결석으로 자몽살구클럽 활동 불가.

D-20

태수 언니가 죽은 지 이 주가 다 되어간다. 태수 언니의 죽음은 곧 자몽살구클럽의 죽음이었을까. 태수 언니를 제외한 우리 셋은 좀처럼 만날 수 없었다. 혹시나 하는 마음에 매일 종례를 끝내고 악기 보관실을 찾아가면 아주 가끔 보현 언니를 만날 수 있었다. 그런 날이면 우리는 처음 만난 날처럼 보관실 바닥에 앉아 말없이 유민 언니를 기다렸다. 약 삼십 분 동안 음악실 문 열리는 소리가 나지 않으면 자리에서 일어나 해산했다. 늘 그렇듯 보현 언니는 보훈이를 데리러 갔고,

나는 집으로 돌아가 아빠의 폭언을 받아냈다. 해산할 때 둘이서 의무적으로 외치는 '살구 싶다'는 가면 갈수록 힘을 잃어갔다. 가장 살고 싶어 했던 태수 언니가 결국 살지 못했다는 사실은 우리에게 묵직한 죄책감으로 다가왔으며, 이 죄책감은 삼창할 때마다 목엣가시처럼 목젖을 쿡쿡 쑤셨다.

학교 전체를 떠들썩하게 만든 태수 언니의 죽음은 모두에게 큰 충격이었다. 옥상에서 떨어진 언니가 발견된 장소는 알록달록 팬지꽃을 가꾸는 학교 정문 옆 화단이었다. 언니를 처음 발견한 경비 아저씨의 진술에 따르면 머리 쪽의 피가 화단의 울타리를 넘겨 운동장 흙까지 흘러나왔고, 뼈는 죄다 으스러져 살아있는 사람이 따라 할 수 없는 자세로 요지부동이었다고 했다. 이토록 잔인하고 노골적인 진술이 교내에 빠르게 퍼지는 건 일도 아니었다. 예은이도 사태의 심각성을 느꼈는지 한동안 자살하고 싶다는 말을 입 밖으로 절대 꺼내지 않았다. 그저 전교회장의 죽음에 관해 본인 친구들과 열심히 소곤거릴 뿐이었다. 나는 책상에 엎드린 채 자꾸만 차오르는 울음과 헛구역질을 동시에 삼키느라 힘들었다.

하늘은 앳된 죽음을 받아들일 수 없다는 듯 며칠 내내 장맛비를 토해냈다. 아침부터 밤까지 빛 하나 없는 세상은 언니를 애도하는 모든 이들에게 무거운 슬픔을 안겨 주었다. 등교할 때마다 마주치는 노란색 접근금지 테이프와 장마에도 지워지지 않는 사고의 흔적은 교실에 무사히 도착하는 것 자체를 죄처럼 느끼게 만들었다. 나는 언니가 보고 싶을 때면 쉬는 시간에라도 악기 보관실을 찾아갔다. 습기 찬 계단에는 젖은 나무 특유의 텁텁한 냄새가 머물렀다. 그 계단을 한 칸씩 오를 때면 약속이라도 한 듯 눈물이 차올랐다. 음악실 문을 열고 들어가면 당장이라도 태수 언니가 저 악기 보관실에서 튀어나와 내 어깨를 조물조물 만져줄 것만 같았다.

그러나 태수 언니는 이제 이 세상에 없다. 태수 언니는 두 번 다시 눈앞에 나타나지 않을 것이다. 언니의 이름을 불러도 장난스러운 대답은 돌아오지 않을 것이고, 바다에서 물장구치며 이 훤히 드러나는 웃음을 볼 수 없을 것이다. 언니의 마음을 깊숙이 알아 주지 못한, 언니의 죽음을 막아 주지 못한 나에게 평생 주어지는 벌이었다. 이 가혹한 벌을 받는다고 그 무엇 하나 나아지는 것은 없었다. 눈물 참느라 깨문 아랫입술은 제 역할을 하지 못했다. 나의 울음소리는 음악실을 채우는 우울한 빗소리와 다를 바 없었다.

눈 매울 정도의 독한 담배 냄새가 순간적으로 코끝을 스쳤다. 시간이 지날수록 선명해지는 냄새는 분명 일 층에서 올라오는 게 아니었다. 젖은 눈매를 손으로 부비다 소매 끌어 코를 틀어막았다. 음악실에 처음 들어설 때보다 뿌예진 공기와 짙어진 냄새의 근원지는 다른 곳이 아닌 악기 보관실이었다. 나는 설마 하는 마음으로 보관실 문고리를 돌렸다.

보관실 벽에 달린 조그마한 창밖으로 보이는 빗줄기가 무서울 정도로 굵었다. 학교 뒷길을 오가는 자동차 소리는 폭력적이었다. 시끄러운 바깥 풍경과 어우러지는 담배 연기는 환기되지 못하고 좁은 공간을 맴돌고 있었다. 연기의 주인은 인기척에도 반응하지 않고 그저 멍하니 창밖을 바라보고 있었다. 유민 언니였다. 꿉꿉한 날씨에도 찰랑이는 똑단발은 어딘가 애처로워 보였다. 한동안은 거센 빗소리만이 우리 둘 사이의 정적을 메꿨다. 담배의 반 이상이 없어지고 나서야 유민 언니는 천천히 고개를 돌렸다. 나와 눈을 마주쳤다. 언니의 눈에는 총기 대신 붉고 숱한 감정들이 매달려 있었다. 두 눈 속에서 일렁이던 눈물이 끝내 방울져 떨어졌다. 언니는 아무 말 않았다. 그저 창백한 입술에다 담배를 꾸역 밀어 넣는 손을 발발 떨 뿐이었다. 우는 모습 보이지 않으려 고개를 원위치한 언니의 금색 머리카락은 빛을 몽땅 잃은 상태였다. 그새 볼이 잔뜩 패일 정도로 앙상해진 언니의 뒷모습이 안쓰러웠다. 말하지 않아도 언니가 얼마나 고통스러운 나날들을 혼자 견뎌왔는지 나는 알 수 있었다. 떨리는 어깨 뒤로 다가가 언니의 몸을 끌어안았다.

유민 언니는 이 끔찍한 상황이 빠르게 지나가기를 바랄 것이다. 이 모든 게 꿈이기를 바랄 것이다. 본인이 태수 언니의 몫까지 살아갈 수 있기를 바랄 것이다. 본인의 사랑이 틀리지 않았음을 세상에 증명해내고 싶을 것이다. 세상에 바라는 것도, 싫증 내는 것도 없이 미지근한 삶을 살아온 그녀는 태수 언니가 사라지고 난 이후 다른 사람이 되었다. 본인에게 주어진 상황이 뒤바뀌기를 밤새 기도했고, 변화 없는 냉랭한 세상을 혐오했다. 하태수 세 글자만 떠올려도 미안해지고, 그리워지고, 화가 나고, 슬퍼지고, 보고 싶어지고, 따라 죽고 싶어질 정도로 들끓는 온도를 지니게 되었다. 사랑하는 친구를 며칠 만에 떠나 보내는 것은 아무리 단단한 그녀일지라도 절대 불가능한 일이었다. 태수 언니는 유민 언니의 태양이었다. 하루 뜨고 하루 지는 태양처럼 유민 언니의 하루에는 언제나 태수 언니가 뜨고 졌다. 이제는 햇살이 닿지 못할 유민 언니의 삶은 완전히 붕괴되었다. 더 이상 내일을 평범하게 맞이할 자신이 없었다. 언니의 눈물이 턱선의 점들을 지나 추락했다. 토닥이는 등이 불규칙하게 들썩거리다 호흡이 가빠졌고 고통 섞인 울음이 음악실 전체에 울려 퍼지기 시작했다.

어느새 도착해 있는 보현 언니가 다가와 우리 둘을 한 번에 껴안았다. 보현 언니의 포근한 섬유 유연제 향과 목소리는 우울한 담뱃내까지 부드럽게 감싸안았다.

"내일부터는 비가 그칠 거래요. 다 괜찮을 거예요."

* * *

D-17

같은 초등학교였어. 그때부터 태수는 쾌활해서 나랑은 친해질 수 없는 친구구나, 싶었지. 나는 그때 더 내성적이었거든. 발표는 물론 같은 반 친구들에게 말 거는 것도 어려워할 때 제일 먼저 다가와 준 사람이 태수였어. 그렇게 여덟 살 때부터 하루도 빠짐없이 붙어 다녔더니 열여섯 살까지도 그러고 있더라. 옥상 토마토에 물 주면서 나온 얘기인데, 서로 알고 지낸 햇수보다 성인이 되기까지의 햇수가 더 적게 남은 거야. 둘이서 막 신기해하다가 그 자리에서 새끼손가락을 걸었어. 스물이 되는 새해 카운트다운이 '1'에서 '0'으로 넘어가는 순간 서로 입에 소주를 털어 넣어주자고. 웃기겠지만 진짜야. 잘하는 것도 많고, 하고 싶은 것도 많은 태수에 비해 나는 뭣도 없었거든? 성인이 되는 순간 태수랑 같이 술 마시는 건 나에게 처음으로 생긴 목표였어. 내가 스무 살까지 무사히 살아남아야 하는 커다란 이유를 걔가 만들어준 거지. 그 약속을 깨고 이렇게 가버리다니. 하태수 나쁜 년…. 얼마 전에 반 친구들과 태수 장례식장을 다녀왔어. 모두가 눈물바다였지만 특히 태수 어머니가 대성통곡하고 계시더라. 딸을 잃은 그 슬픈 마음이 이해되면서도 어머니가 너무 원망스러웠어. 조금이라도 태수를 따뜻하게 대해 줬다면. 태수가 공부 말고 진짜 잘하는 게 뭔지, 하고 싶은 게 뭔지, 어떤 마음으로 이 자몽살구클럽을 만들었고 이 비밀 클럽을 대체 왜 만들어야만 했는지. 단 한 번이라도 먼저 물어봐 주셨다면 태수는 떠나지 않았을 거야. 그토록 기다리고 기다리던 스물을 함께 맞이할 수 있었을 거야. 태수는 내가 하루하루 버티던 유일한 이유였어. 근데 나는 정작 그 이유가 되지 못했다? 태수가 지금이라도 살아 돌아온다면 죽게 내버려두지 않을 텐데. 어떻게든 태수를 구해낼 텐데…. 내가 멀쩡히 살아갈 수 있을까? 내가 이대로, 아무렇지 않게 살아도 될까? 열여섯의 태수를 두고 나 혼자 스물이 되어도 될까? 내가 어떻게 살아야 태수가 저 하늘에서 마음 편히 지낼 수 있을까. 대체 내가, 어떻게 해야만….

* * *

D-13

하늘을 가로지르는 무지개는 며칠 쏟아지던 비를 거짓으로 몰아세울 만큼 선명했다. 빗물에 잠기지 않게 토마토 위로 씌워 놓았던 커다란 비닐을 드디어 치울 수 있게 되었다. 비닐 아래의 토마토들은 다행히도 튼튼한 잎과 줄기를 뽐내고 있었다. 나의 일이가 이대로 자라면 〈잭과 콩나무〉의 줄거리처럼 하늘에 닿을 수 있지 않을까 생각했지만, 기분 좋은 상상은 거인에게 잡아먹히는 결말에 닿고 말았다. 끔찍한 망상에서 빠르게 벗어나자 토마토들의 상태를 샅샅이 살피는 언니들이 눈에 들어왔다. 나는 서둘러 언니들 옆에 앉아 오른쪽에서 왼쪽으로 시선을 따라 옮겼다. 제일 마지막에 눈에 들어온 태수 언니의 토마토 오는 넷 중 키가 제일 컸다. 꼭 주인을 닮아 있었다. 우리 셋은 각자 머릿속으로 같은 생각을 한 건지 동시에 웃음을 터뜨렸다.

유민 언니가 갖고 온 비닐봉지에 손을 넣었다. 봉지에서 나온 건 파란색의 작은 화분이었다. 언니는 그 화분에다 텃밭의 흙을 차곡차곡 옮겨 담았다. 촉촉한 흙이 화분을 어느 정도 채우자 언니는 오의 주변 흙을 조심스레 털어냈다. 끊긴 뿌리 없이 무사히 뽑힌 오를 다정하게 감싸안는 언니의 두 손은 오랜만의 햇살 아래서 더 하얬다. 오는 뿌리마저 태수 언니의 다리처럼 길게 뻗어 있어 또 한 번의 웃음을 자아냈다. 태수 언니는 죽어서도 우리를 이렇게 웃게 한다.

유민 언니는 오를 화분 가운데에 심었다. 오는 새 거처가 마음에 드는지 바람에 몸 실어 춤을 췄다. '아스피린'에 맞춰 스텝을 밟던 태수 언니의 모습과 흡사했다. 유민 언니는 오의 뿌리를 고정시키기 위해 흙을 두어 번 더 퍼담았다. 흙을 부지런히 옮기던 언니의 손 끝에 무언가 턱, 걸렸다. 놀란 언니가 손을 빼자 그 자리에서는 하얀 물체가 고개를 빼꼼 내밀고 있었다. 벌레도, 곰팡이도 아니었다. 반듯한 네모 모양으로 접힌 종이였다. 종이는 어서 꺼내 달라는 듯 자신의 모서리를 허공에 팔랑였다. 토마토 씨앗을 처음 심을 때만 해도 없던 정체불명의 종이를 꺼내야 할지 고민하던 찰나, 유민 언니가 망설임 없이 그것을 건져 올렸다. 종이는 거센 장마 탓에 푹 젖은 상태로 흐물거렸다. 옆에서 보고 있던 보현 언니가 손톱으로 종이 모서리부터 한 장 한 장 옷 벗기듯 펼쳤다. 마침내 종이의 속살이 드러나자 유민 언니의 동공이 흔들렸다. 그 흔들림은 목소리로 빠르게 전이된다.

"태수 글씨. 태수가 남긴 편지야."

종이로 처음 접하는 태수 언니의 글씨체는 몹시 차분하고 단정했다. 글자는 뇌리에서 쉽게 번지지 않는 언니처럼 젖은 흙 아래서도 의미를 꿋꿋이 지켜내고 있었다. 본격적인 여름이 다가오기 전 봄 끝자락에 멈춰 선 언니는 이 편지를 묻은 직후 두말없이 뛰어내렸을까? 혹시 혼자 한참을 울다가 실수로 발을 헛딛은 건 아닐까? 실은 마지막까지 살고 싶었던 게 아닐까? 아직도 믿기지 않는 언니의 죽음에 대한 나만의 이기적인 추측이 이어졌다.

하나 확실한 건, 태수 언니는 죽기 직전까지도 자몽살구클럽 대장으로서 우리를 생각했다. 정작 본인은 찾지 못했던 생존의 이유를 남은 부원들은 꼭 찾아내기를 바라는 마음으로 우리를 떠났다. 그러지 않고서는 이 편지가 이토록 사랑스럽고 눈물겨울 리 없었다.

「이 편지는 영국으로부터 시작된 행운의 편지... 가 아니라 그냥 하태수가 쓴 편지입니다. 눈 동그랗게 뜨고 읽고 있을 너네 상상하니까 벌써부터 웃기다. ㅋㅋ 응, 미안. 안 웃을게. 하던 얘기나 마저 할게.

죽는 마당에 이런 말 하는 거 웃기지만, 너희 앞에서는 내가 조금 더 솔직해져도 됐을지 몰라. 그치만 너희는 나 알잖아. 정말 아끼는 사람들 앞에서는 더 센 척, 아무렇지 않은 척하는 거. 너희 앞에서만큼은 나약한 인간으로 보이고 싶지 않았어. 죽음을 막아 주고 살 이유를 찾기 위해 발 벗고 뛰는, 그런 멋있는 언니이자 친구가 되고 싶었어. 나 대장 자격 충분했지? 얼렁 그렇다고 해라. 너희 고개 안 끄덕거리는 거 지금 내가 위에서 다 보고 있으니까... -.-

보현아. 너랑 내가 안 지도 햇수로 2년이네. 작년에 널 처음 봤을 때 답답해 미치겠다, 말을 왜 그게 느리게 하냐, 내가 막 시비 털었던 거

기억나냐? 그런 말 듣고도 허허실실 웃는 네가 초반에는 참 어이없었다. 그치만 너의 그 느릎 속에 숨겨진 진중함을 차차 알아가게 되면서, 급하고 충동적인 내가 너의 차분함으로 다스려질 때가 늘어나면서 생각이 확 바뀌었어. 숨 막히는 일상 속에서 숨통 트며 웃을 수 있는 날이 과연 얼마나 될까? 나는 보현이 너랑 같이 있을 때면 늘 그랬어. 뜬금없는 포인트에 우리를 웃기고 따라 웃는 네가 너무 좋고 귀여웠거든. 덕분에 자몽살구클럽 활동 자체가 즐거웠다. 진심으로 고맙다는 말 하고 싶었어. 반대로 너는 나로부터 많은 힘을 얻었으려나. 그랬으면 좋겠다. 보훈이랑 놀이터에서 얼마 못 놀아준 게 걸린다, 쩝. 근데 너 요새도 지각하냐? 너 그러다 감독 돼서도 지각하면 어쩌려고 그러냐? 딱 고쳐라잉. 그리고 기회가 된다면 우리 얘기로도 꼭 영화 만들어주라. 오스카인지 오사카인지 그 상 받으면 내 이름 한 번 꼭 언급해 주고. 어머니는 괜찮아질 거야. 보훈이도 멋있는 남자가 될 거다. 그러니까 걱정 말고 너는 너 갈 길 가.

나는 네 꿈을 진심으로 응원해. 사랑한다.

  소하야. 언제나 나를 믿고 따라 줘서 고마웠다. 죽기 전에 널 만난 건 정말 행운이었어. 널 도와줄 차례를 기다리지 못하고 먼저 떠나게 돼서 미안해. 그치만 밥 1000그릇 더 먹은 연장자로서 얘기해 보자면, 넌 키는 작아도 마음은 커다란 놈이니까 보란 듯이 이 세상을 잘 헤쳐 나아갈 수 있을 거야. 기억해. 넌 티켓을 갖기 위해 홍보지를 반으로 쪼개버린 슈퍼울트라초특급 파워를 갖고 있단 걸... 네가 처음 우리를 찾아온 날, 이 쪼매난 애가 어떤 아픔이 있어서 여기를 온 거지 싶었다. 우리랑 하는 모든 것들이 인생에서 처음이라는 너한테 질 나쁜 것들만 가르치는 것 같아서 아주 잠깐 죄책감이 들기도 했지만, 넌 내 옆에서 제일 밝게 웃더라고? 그게 진짜 예쁘다. 너 웃을 때 눈이 되게 예쁘거든. 아무리 생각해도 앞머리 진짜 잘 자른 듯. 그러니까 자주 좀 웃어. 당장 오늘의 맺음이 불확실한 언니들이랑 모여서 이것저것 해보니까 어때? 이 언니들이라면 내일도 꿈꿔볼 수 있겠다는 생각이 들어? 그런 거라면 다행이야. 이 생각이 옅어진다거나 세상이 너를 못 살게 괴롭힐 때가 앞으로 많이 닥쳐올 거야. 그래도 절대 주눅 들지 마. 그게 이 세상을 이기는 거야. (비록 나는 졌지만...) 너무 힘들다 싶으면 고개 들어서 하늘에다 내 이름 불러. 내가 0.5초 만에 내려가서 다 패 줄게. ㅋㅋ 발은 이제 좀 괜찮으려나? 덧 안 나게 연고랑 반창고 꼬박 붙이면서 다녀라. 더 이상은 아프지 말고. 사랑한다.

유민아. 나는 너랑 지내온, 아니 함께 살아온 시간이 너무 소중해서 이 기억을 잃고 싶지 않았다. 그치만 너는 더 잘 알 거 아냐, 그치? 내가 얼마나 힘들어하고 아파했는지. 총 몇 번의 자살을 시도하다 이 클럽을 만들었는지. 그럼에도 불구하고 내가 이번 생을 포기할 수밖에 없던 이유까지도. 굳이 묻고 대답하지 않아도 마주치는 두 눈에 답과 위로가 보였으니까. 나 다음 생에도 너 같은 사람을 만날 수 있을까? 너 같은 사람이 아니라 유민이 너를 또 한 번 만날 수 있는 축복이 내게 주어질까? 착하게 살면 천국에서 좋은 걸로 환생시켜 준다잖아... 그러려고 나 나름 착하게 살아온 건데. ㅋㅋ 나 여기서도 너 하나만 기다리면서 착하게 살고 있을게. 그러니까 다음 생에는 우리 좀 더 일찍 만나자. 태어날 때부터 같은 병원에서 태어나서 120살 할머니 될 때까지 쭉 같이 살자. 그렇다고 빨리 천국으로 오라는 건 아니고 너 스물 되는 날에 내가 너희 집 창문으로 소주 들고 찾아갈 테니까 나 미워도 한 번만 용서하고 새끼손가락 다시 걸어주라. 나유민 성인 되고 인기 많아질 거 생각하니까 묘하게 열받네... 넌 영원히 내 거다. 누가 불순한 의도로 다가온다 싶으면 임자 있다고 해. 마지막으로, 나 없다고 답지 않게 울지 말고. 아니다. 나 때문에 우는 건 봐 줄게. 마음껏 울다가, 언제 울었냐는 듯 잘 살면서 내 생각은 아주 가끔만 해. 산 사람은 최선을 다해 살아가야지 않겠냐. 나 없이도 부디 잘 먹고 잘 살아라, 나유민! 너무너무 사랑해.

　이 글을 마무리하는 순간까지도 살구 싶다! 살구 싶다! 살구 싶다!를 혼자 속으로 외치고 있지만, 간절한 마음만으로 해결되지 않는 문제가 나에게는 너무 많다. 내가 죽는 건 그 누구도 아닌 오롯이 나 때문인 거야. 그러니까 죄책감 갖지 마. 멀리 떠나는 나를 잠깐 원망하는 건 오케이. (대신 평생은 안 된다.) 다시 만나는 날에는 보고 싶었다고 해주기.

이만 가 봐야겠으. 미련 없이 멋있게 떠나본다. 이따 봐.

안녕, 자몽살구클럽!

p.s. 너희 수호신은 내가 할게. 그러니까 반드시 살아남아.」

* * *

D-8

유리창 안으로는 카메라를 향해 달려오는 태수 언니의 어릴 적 사진이 보였다. 언니의 눈썹은 아기일 때부터 독보적으로 진했다. 그 눈썹을 능가하는 짙은 웃음은 오늘의 날씨처럼 깨끗

하고 맑았다. 바로 옆에는 한 친구와 함께 꽃밭에서 꽃받침 하고 찍은 사진이 있었다. 활짝 웃고 있는 태수 언니와 대비되는 친구의 뾰로통한 얼굴이 꽤 익숙했다.

"이거 언니야?"

"응. 아홉 살 때였나. 현장체험학습 간 날에 같이 찍은 사진이야."

유민 언니는 검지로 사진 속 둘의 머리를 쓰다듬는 시늉을 하며 대답했다. 하얀 손가락 옆으로는 태수 언니의 증명사진이 잇따라 눈에 들어왔다. 사진 속 언니는 단정한 교복 차림으로 은은한 미소를 띠고 있었다. 태어날 때부터 열여섯이 되는 해까지 웃음과 분리될 수 없던 태수 언니의 유골함을 우리는 대화 없이 감상했다. 굳어가던 정적은 유민 언니의 물음에 의해 깨졌다.

"소하야. 혹시 술은 어떻게 됐어?"

"집에 있던 거 하나 챙겨 왔어. 여기."

"고마워…. 무슨 일 생겼던 건 아니지?"

"응. 집에 아빠 없을 때 들고 왔어."

거짓말이다. 하지만 지금은 거짓말이 필요했다. 태수 언니를 보러 온 마당에 내 일로 분위기를 흐릴 수 없었다. 유민 언니는 소주병 뚜껑을 조심스레 땄다. 병 입구에 코 대어 냄새 맡더니 인상을 잔뜩 찌푸렸다. 언니를 뒤따라 맡아본 소주의 알코올 향은 입에 넣지도 않았는데 속을 뒤틀리게 했다. 이걸 마시면 기분이 좋아진다고? 말이 안 되는 소리였다. 소주 중독자인 아빠를 더 이해할 수 없었다. 술을 마신 아빠의 선택은 둘 중 하나였다. 알코올 냄새 폴폴 풍기며 집 들어오거나, 집을 아예 들어오지 않거나. 후자의 경우는 오히려 땡큐다. 바깥 어디서 뒈져버리든 내 알 바 아니니까. (차라리 그렇게 행방불명 되었으면 한다.) 문제는 전자의 경우다. 사람들 다 자는 밤에 온갖 소란 피우며 들어와 거실 바닥에 들어앉는 그 순간부터 나는 긴장을 놓을 수 없다. 목에 피 맛 맴돌 때까지 계속되는 아빠의 밤 푸념은 대체로 엄마와 나의 존재를 깎아내리는 비하 발언으로 이어진다.

"니는 내 짐 덩어리야. 내가 지금은 잠깐 이

러고 있지만은, 원래는 안 이랬어. 잘 나갔다고. 알어? 나는 이제, 니를 낳고. 그러니까 혼자서도 잘 먹고 잘만 살던 내가 니 애미 배를 불려갖고 이 지랄이 났다, 이 말이야. 씨발년. 키우지도 못할 거 뭣 하러 낳아갖고. 배를, 배를 마악 두들겨 패서라도 니를 낳았으면 안 됐어. 김소하. 야, 김소하. 니가, 내 짐 덩어리야. 알어?"

나의 이름을 반복할 때에도 절대 대꾸하면 안 된다. 그렇게 연신 구시렁대다 옆으로 고꾸라져 잠에 들게 해야만 한다. 반응을 보이는 순간 아빠는 내 방으로 뚜벅뚜벅 걸어 들어와 뺨따귀를 줘터뜨릴 인간이니까. 아빠의 개 같은 술버릇이 나에게 똑같이 나타날 거라는 일말의 유전적 확률은 성인이 되어도 술을 퍼마시지 않을 명백한 이유가 벌써부터 되어있다.

그치만 지금은 상황이 다르다. 스물이 되는 자정을 맞이하지 못한 태수 언니와 그녀의 부재로 인해 열여섯 인생에서의 커다란 목표를 잃은 유민 언니를 위해서라면 기꺼이 소주를 입에다 털어 넣을 수 있다는 생각이 들었다. 이미 술병에 입을 가져다 댄 유민 언니의 머릿속은 그 누구보다 복잡할 거라는 사실을 아는 나는 언니들을 위해 못 할 게 없었다. 유민 언니는 입을 틀어막은 채 손사래 치며 말했다. 웩. 이건 진짜…. 진짜 아니야. 소주병 넘겨받은 보현 언니가 잇따라 한 모금 했다. 그는 표정 하나 안 바꾸고 소주를 음미했다. 음. 먹을만해. 맛있는 건 모르겠지만.

술병은 자연스레 나에게로 넘어왔다. 두 손으로 쥔 초록색 병 안에서 찰랑이는 액체는 참기름처럼 맛있어 보이는 착시를 선사했다. 왜인지 모를 자신감에 휩싸여 숨 참고 꿀꺽꿀꺽 세 모금이나 삼켰다. 숨을 들이마시자 이 순간을 기다렸다는 듯 알코올 향이 코끝까지 차올랐다. 위장을 불태우듯 요란하게 타고 내려가는 술이 가슴께에서 적나라하게 느껴졌다. 화끈거리는 속에 나도 모르게 소리를 질렀다. 으아아. 몸까지 떨며 고통스러워하자 보현 언니가 주머니에 있던 캐러멜을 내 입에다 넣어 주었다. 입안에서 뒤섞이는 알코올 향과 포도 향은 세상에 이런 퓨전 음식이 존재해서는 안 된다는 연구 결과를 도출해냈다.

얼마 안 가 역한 냄새에서는 벗어날 수 있었지만 스멀스멀 몸 전체를 감싸오는 취기가 문제였다. 고작 세 모금에 얼굴이 뜨거워지는 게 뭐가 웃긴 건지 나도 모르게 웃음이 새어 나왔다. 나를 살피며 같이 웃어대는 언니들도 정상은 아닌 것 같았다. 열 올라 붉어진 얼굴을 손등으로 식히다 유골함 속 태수 언니와 눈이 마주쳤다. 기분이 묘했다. 불과 몇 주 전만 해도 내 옆에 있던 언니가 눈 하나 깜빡 않고 나를 내려다보고 있었다. 유리창 하나가 우리 사이를, 자몽살구클럽 활동을 막고 있다는 사실에 쉽게 승복할 수 없었다. 웃음이 울음으로 바뀌는 시간은 그리 길지 않았다.

갈수록 메스꺼워지는 속을 부여잡고 우는 내 옆에서는 유민 언니가 술병을 다시 쥐었다. 언니의 두 볼은 나만큼 빨개져 있었고, 총명했던 두 눈은 힘 풀려 느리게 깜빡거렸다. 그럼에도 불구하고 그녀는 바닥에 주저앉지 않았다. 비틀거리며 태수 언니의 사진을 뚫어지게 쳐다봤다.

딸꾹질하던 유민 언니는 술병을 머리 위로 들어 웅얼거렸다.

"짠."

유민 언니는 동그랗게 말린 입술에 술병 입구를 꽂은 채 고개를 젖혔다. 그녀의 식도를 빠르게 타고 내려가는 액체 소리가 납골당 전체를 적시기 시작했다. 바깥에서 희미하게 들려오는 까마귀들 울음소리는 언니의 뒷모습을 보다 쓸쓸하게 만들었다. 우리는 언니를 말릴 수 없었다. 실은 어떻게든 말릴 수 있었지만 굳이 그러지 않았다. 한 방울도 남김없이 털어낸 유민 언니는 깨질 듯한 머리를 두 손으로 부여잡았다. 언니는 중심을 못 잡더니 이내 입을 틀어막고 밖으로 뛰쳐나갔다. 그녀가 놓아버린 술병은 사방으로 깨져 위험한 유리 조각들이 됐다. 대리석 바닥에서 오묘한 빛이 반사되는 그들은 꼭 몇 달 전 같이 보러 간 바다의 윤슬 같았다.

우리는 유민 언니를 서둘러 뒤따라 나갔다. 다행히 얼마 못 간 언니는 잘 가꿔진 풀밭에 엎어져 토를 하고 있었다. 나는 언니의 등을 두드려 주기 위해 부리나케 달려갔다. 그 순간 속에서 요동치던 알코올이 나의 식도를 단숨에 뛰어올라왔다. 순간 눈앞이 아찔해지고 땀이 절로 났다. 나는 언니의 등에 손을 얹자마자 나란히 엎어져 오바이트를 쏟아내야만 했다. 우에엑. 유일하게 멀쩡한 보현 언니는 우리 둘의 등짝을 양손으로 어루만져 주었다. 햇살 내리쬐는 평화로운 풀밭에 그렇지 못한 소리가 화음 쌓여 퍼졌다. 우에엑…. 우엑….

겨우 정신을 차린 나는 보현 언니와 아직 많이 힘들어 보이는 유민 언니를 부축하며 납골당을 빠져나갔다. 나가는 길 뒤로는 까마귀 서너 마리가 총총거리며 우리의 토사물을 쪼아 먹고 있었다. 그 위 하늘에는 더 많은 수의 까마귀들이 빽빽하게 줄지어 비행하고 있었다. 그들의 울음소리가 평화롭게 들리는 이곳이 무서웠다. 이런 곳에 태수 언니를 혼자 두고 간다는 게 아직도 실감이 나지 않았다. 태수 언니가 보고 싶었다. 당장이라도 나타나 우리 셋을 꽉 껴안아

주기를 바랐다. 언니를 보고 싶은 마음은 이온 음료로 절대 해장할 수 없을 것이다.

태수 언니는 하늘 위로 무사히 올라갔을까? 아무래도 천국과 지옥 둘 중에 천국을 갔겠지. 언니는 저 무서운 까마귀들과도 쉽게 친구 먹을 만큼 성격 좋고 착한 사람이니까. 저 까마귀들 중 한 마리로 환생해서 우리를 만나러 온 건 아닐까? 그게 아니라면 저 위에서 우리 꼬라지를 실시간으로 관찰하며 배 잡고 있을까? 아무 걱정 없이. 아무 부담 없이. 그 찬란한 미소를 구름 위에 두둥실 띄우며.

그랬으면 좋겠다. 그래야만 이 쓰디쓴 알코올 같은 죄책감이 하루라도 일찍 분해될 것 같았다.

* * *

D-9

납골당에 술을 가져가는 건 마냥 깡다구 하나만으로 성공시킬 수 있는 계획이 아니었다. 미성년자의 술 취식에 관대한 어른을 주변에서 찾는 건 거의 불가능했으며, 술 한 병을 합법적으로 구매할 방법은 더더욱 없었으니까. 그러나 우리에게는 시간이 많지 않았다.

그래서 훔치기로 했다.

아빠의 술을.

어디서?

우리 집 냉장고에서.

초여름의 이른 아침에는 푸른빛이 깃든다. 등교 준비를 끝마친 뒤 나온 거실에는 서늘한 기운이 맴돌았다. 여름이 찾아오고 있지만 새벽은 아직 추웠다. 어떻게 보면 상쾌하다 느낄 수 있는 이 새벽 공기의 흐름은 거실 바닥에 퍼질러 자고 있는 아빠를 목격한 이후 뚝 끊기고 말았다. 오랜만에 얼굴을 보인 아빠는 혼자가 아니었다. 아빠의 오르내리는 가슴팍에는 생전 처음 보는 여자의 손이 올라가 있었다. 성인 둘이 자기에는 턱없이 좁은 거실인데도 뭐가 그리 좋은지 딱 붙어 누워 코를 골았다. 새벽에 잠깐 깼을 때 들렸던 야시시한 신음 소리의 주인은 저 여자인 게 확실했다. 당장이라도 인기척을 내 둘을 깨우고 싶었지만 지금 상황에서는. 아빠의 술을 도둑질해야 하는 이 상황에서는 가만히 자도록 냅두는 게 오히려 득이었다.

 나는 어린이 애니메이션에 등장하는 도둑 캐릭터처럼 발꿈치를 들어 살금살금 부엌으로 향했다. 발을 옮길 때마다 쩌억 소리 내며 달라붙는 장판은 누워있던 긴장감의 어깨를 흔들어 깨웠다. 이마에 맺힌 땀방울이 관자놀이를 타고 내려올 때쯤 열 수 있던 냉장고에는 먹다 남은 어묵탕과 소주 세 병이 있었다. 매번 돈 없다고 푸념하는 아빠가 어떻게 소주는 매번 쟁여 오는 건지 궁금했다. 그치만 지금의 나는 이 궁금증을 미뤄야 한다. 지금의 나는 얌전히 소주병 챙겨 학교로 도망치기만 하면 된다.

 땀에 젖은 손으로 병 주둥이를 쥐어 꺼내는 순간이었다. 소름 돋을 정도로 앙칼진 목소리가 등 뒤에서 들려왔다.

 "너 지금 뭐 하구 있는 거니?"

 "…."

"그거 소주 아니야? 너 그거 들고 가려구? 오빠야. 오빠, 일어나 봐. 오빠 딸내미가 지금…."

아빠 옆에서 자던 여자는 언제부터인지 상체를 엉거주춤 일으켜 나의 만행을 지켜보고 있었다. 화장하고 그대로 잠들었는지 주름 사이사이에 껴 있는 파운데이션은 안쓰러울 정도로 징그러웠다. 여자의 새침한 말투는 내 몸 군데군데를 날카롭게 찔러 셀 수 없는 땀구멍을 만들어냈다. 아빠의 가슴을 주무르며 칭얼대는 여자의 물음에 뭐라 대답하려 해봐도 경직된 입술은 꿈쩍도 않았다.

여자의 부름에 아빠가 몸을 뒤척이기 시작했다. 아빠가 잠에서 깨고 여자가 내 행동을 꾄지르는 순간부터는 자몽살구클럽의 모든 계획이 무너질 게 뻔했다. 아빠가 사태를 파악하기 전에는 소주병을 들고 집구석에서 뛰쳐나가야만 했다. 그래야 떠난 태수 언니를 추모할 수 있고, 유민 언니를 살릴 수 있다. 떠오르는 언니들의 얼굴에 갑자기 복잡미묘한 책임감이 느껴지기 시작했다. 그 책임감은 몸집을 불리더니 병을 쥔 손뿌리 끝까지 뱀독처럼 퍼져갔다. 나의 계획을, 우리의 계획을 방해하려는 여자가 싫었다. 저 여자의 말을 곧이곧대로 믿을 아빠는 더 싫었다. 장판을 딛고 서있는 두 발에서부터 들끓는 감정이 원망으로 정의된 그 순간만큼은 입 닥치고 빌빌 기던 평소의 내가 아니었다. 주체할 수 없는 속마음이 나도 모르게 입 밖으로 불쑥 튀어나왔다는 것이다.

"아줌마가 무슨 상관이에요…."

"허어. 너 방금 뭐라구 했니? 아줌마?"

"네. 아줌마요. 씨이발, 아줌마가 뭔 상관이냐고요. 남의 남편이랑 떡이나 치는 주제에!"

무슨 생각으로 그랬는지 아직도 잘 모르겠다. 이유를 하나하나 곱씹기도 전에 발발 떨리는 몸을 돌렸다. 유일한 탈출구인 현관문이 내게 가슴을 내밀며 다가왔다. 나는 현관문의 가슴을 발로 걷어차듯 열어젖혔다. 소름 끼치는 쇳소리 내며 활짝 열린 문을 다시 닫을 여유 따위는 좆도 없었다. 야! 너 일루 안 와? 야아! 전보다 더 격앙된 하이톤의 여자 목소리가 복도 전체에 메아리쳤다. 이웃들이 우리집을 막 나가는 집이라 생각한다 한들, 그렇게 신고 먹는다 한들 상관없었다. 우리 집이 개차반인 건 팩트이자 신고 먹어 이 집안이 공중분해되는 상상은 밥 먹듯 해왔기 때문이다.

집에서 도망쳐 나온 건 이번이 두 번째였다. 여름 바람에 갈라지는 앞머리는 어느새 속눈썹 바로 위까지 자라 이마를 간지럽혔다. 내 품에 무사히·안긴 소주병은 달리는 속도에 맞춰 찰랑거렸다. 이 액체가 사람들 정신을 쏙 빼간다는 게 믿기 어려울 정도의 청아한 소리였다. 아까 그 여자에게 목 놓아 소리 지르던 순간을 돌이켜 보니 심장이 간지러웠다. 가슴을 손톱으로 꾹꾹 눌러도 이 가려움은 쉽게 가시지 않았다. 한바탕의 공포가 지나간 자리에는 왜인지 모를 후련함도 느껴졌다. 아침의 모든 게 처음이었다. 속에서 악취 풍기며 썩어가도 죄 삼켜야만 했던 마음을 성대와 입술에 맡겼던 건. 죽어가던 내가 살아있음을 깨달았던 건. 살아내야 하는 이유가 명확했던 건. 살기 위해 발악하던 내가 불쌍하지 않았던 건.

 내일 만나러 갈 태수 언니에게 묻고 싶다. 내가 자몽살구클럽 부원으로서 잘하고 있는 게 맞는지. 이 세상에 잘 맞서 싸우고 있는 게 맞는지. 맞다면 여기로 내려와 예전처럼 내 어깨를 토닥여 줄 수 있는지. 지상에서 가장 화사했던 웃음을 보이며 다 괜찮아질 거라 말해줄 수 있는지.

* * *

 D-3
"태수 소식을 전해 들었을 때 유민이 네 생각이 제일 먼저 났었어."

 둘은 항상 붙어 다녔잖니. 음악선생님은 쓸쓸한 미소를 입꼬리에 매단 채 유민 언니의 손을 어루만졌다. 자살하기 전 본인의 모든 걸 정리하던 태수 언니가 유일하게 좋은 선생님으로 언급했던 그녀는 초록색 원피스를 입고 있었는데, 마치 창문을 두드리는 저 무성한 나뭇잎을 갈

아만든 것 같았다. 그녀가 길게 풀어헤친 웨이브 머리는 교사 휴게실 창틈으로 스미는 바람을 타 묵직한 라벤더 향을 풍겼다. 화장기 없는 수수한 얼굴은 유민 언니의 대답을 가만히 기다리는 동안 차분한 미소만을 띄우고 있었다. 투명 매니큐어를 덧바른 엄지손가락이 포개어진 유민 언니의 손등을 장난스레 간지럽히자 그제야 언니는 쓴웃음을 지었다. 언니는 선생님께 무슨 말을 어디서부터 어떻게 꺼내야 할지에 대한 정리가 안 된 건지 한참 뜸을 들였다. 그치만 어른들은 눈치가 빠르다. 그중에서도 음악선생님은 매우 빠른 편에 속했다. 학생들이 좋아하고 잘 따르는 선생님인 데에는 이유가 다 있었다.

"혹시 내 도움이 필요해서 찾아온 거니?"

선생님의 단정한 물음에 유민 언니가 고개를 끄덕였다.

"태수는 제 목소리를 되게 좋아했어요."

"맞아. 그랬지. 그래서 틈만 나면 너 노래 시키라고 그렇게 난리를 쳤었는데."

"거의 매 수업마다 그랬었죠. 태수가 선생님

피아노 연주도 되게 좋아했잖아요."

"수업 농땡이 치려고 피아노 쳐달라는 줄 알았는데 그게 아니더라. 수업 끝나고 찾아온 쉬는 시간까지 끝날 때에도 태수는 피아노 옆에 찰싹 달라붙어 내 연주를 감상했지. 다음 수업에 지각하겠다는 너의 고나리에도 아랑곳 않고 말야."

유민 언니는 예전 기억을 되살리다 빨개지는 코끝을 한 손으로 가렸다. 선생님은 언니의 행동을 살피며 옅은 미소만 잔잔히 띠우셨다. 때로는 정적이 제일 큰 위로가 된다. 수그러드는 감정 끝에 유민 언니의 차분한 목소리가 이어졌다.

"선생님."

"응."

"태수가 죽기 전에 저희에게 쓴 편지가 있어요. 그 편지에 대한 답장을 하고 싶어요."

"노래로?"

"네. 그 노래의 반주를 선생님이 피아노로 연주해 주셨으면 좋겠어요."

창틀에 얌전히 앉아있던 참새들이 선생님의 대답을 종용하듯 연신 짹짹거렸다. 운동장을 둘러싼 나무들은 매미들의 탈피를 미리 축하하며 부대끼는 소리를 냈다. 바깥소리들이 시끄럽게 겹치고 겹치는 것으로 모자라 창틈으로 새어오는 바람이 뜨거워진 여름에 우리는 마침내 도착하고야 말았다. 남은 가을겨울 땅을 밟으려면 우리는 선생님의 도움이 필요했다. 음악선생님은 말없이 미소를 지으셨다. 그러고는 유민 언니의 등을 본인의 품속으로 천천히 끌어당겨 토닥이셨다.

"얼마든지 해 줄 수 있지. 우리 유민이가 부탁하는 건데. 태수에게 마지막으로 인사할 기회를 선생님에게도 줘서 정말 고마워."

그녀의 목소리는 사랑하는 친구의 자살 엔딩에도 아무렇지 않은 척 학교를 다녀야 했던, 타협하기 싫은 세상과 담쌓아야 했던 유민 언니의 지난날들을 단번에 무너뜨릴 만큼 따스하고 다정했다. 아기처럼 안겨 펑펑 우는 유민 언니는 어른으로부터의 위로가 그 누구보다 절실했을지 모른다. 음악선생님은 남은 손으로 보현 언니와 내게 오라 손짓하셨다. 엉거주춤 다가서자 우리 둘을 한 번에 끌어안고는 뒤통수를 번갈아 어루만지셨다. 품 안에 맴도는 그녀의 라벤더 향은 아주 오래 어른의 향으로 기억될 것 같았다. 이런 어른마저 그리워하는 태수 언니의 일상은 어땠을까? 만난 지 반 년도 안 된 나에게도 하태수란 인간은 마음 저 깊숙이 박혀 욱신거리는데 이 년 넘게 가르친 음악선생님은, 팔 년 넘게 함께한 유민 언니의 마음은 어디까지 뚫려버린 걸까?

 유민 언니는 지금 어떠한 마음으로 하루하루를 살아가고 있을까.

 살아간다는 말보다는 버텨간다는 말이 적합하지 않을까.

* * *

D-day
"악보를 그릴 줄 몰라서 코드만 적어왔어요."

"괜찮아. 코드는 쭉 반복되네. 사 분의 사 박자로 가면 되는 거지?"

유민 언니의 줄 노트에는 무언가 빽빽하게 써져 있었다. 그 줄들 위에는 알파벳이 띄엄띄엄 적혀져 있었는데 이게 아무래도 선생님이 방금 말씀하셨던 '코드'라는 것 같았다. 언니로부터 노트를 건네받은 선생님은 피아노 의자에 앉아 손을 탈탈 털고는 열 손가락을 건반 위에다 행진시켰다. 음을 빠르게 오르내리는 선생님의 손가락 스트레칭은 음악실의 적막을 요란하게 깨웠다.

그 옆의 유민 언니는 어딘가 긴장한 기색이 역력했다. 침을 자꾸만 삼켰고, 목을 자꾸만 주물러댔다. 언니의 노래를 들은 건 이곳에서 '아스피린'을 장난스럽게 부른 게 다였다. 그때와 비교해보면 언니는 삐쩍 곯아있었다. 원래도 웃음은 헤프지 않았지만, 태수 언니가 죽은 이후 유민 언니는 좀처럼 웃지 않았다. 웃지 못한다는 말이 맞았다. 언니의 진짜 웃음을 유발하는 유일한 사람은 태수 언니였으니까. 선생님이 코

드를 파악하시는 동안 언니는 심각한 표정으로 가사를 내내 읊조렸다. 나와 보현 언니는 관객처럼 의자에 나란히 앉아 둘의 준비가 끝나기까지 기다렸다. 그때 선생님께서 우리를 부르셨다.

"보현이랑 소하도 태수를 위해서 같이 연주할래? 저기 악기 보관실에 가면 캐스터네츠와 트라이앵글이 있어. 들고 오렴."

꽤나 막중한 임무를 맡게 된 탓에 혹여나 유민 언니의 계획을 망칠까 덜컥 겁이 났다. 선생님은 그 마음을 눈치채셨는지 나에게 연주 방법을 친절히 설명해 주셨다.

"선생님이 노래 들어가기 전에 '원 투 쓰리 포'를 외칠 거야. 유민 언니의 노래가 끝날 때까지 소하는 '원'에 트라이앵글을 쳐 주면 되고, 보현이는 '투 쓰리 포'마다 캐스터네츠 쳐 주면 돼. 한번 연습해볼까?"

선생님은 '원 투 쓰리 포'에 맞춰 박수로 신호를 주셨다. 머리로는 얼추 이해되는 걸 몸으로 실현시키는 것은 공부 못하는 나에게 충격적인 난제였다. 유민 언니는 진땀 빼는 나를 보더니 소리 나는 웃음을 터뜨렸다. 오랜만에 보는 언니의 웃음이 너무 소중하고 고마워 더 웃기고자 하는 마음으로 열심히 트라이앵글을 연습했다. 박자에 익숙해질 때쯤 선생님은 박수를 멈추셨다. 착하게 생긴 눈썹을 한껏 올리시더니 유민 언니에게 말했다.

"유민아. 준비됐지?"

언니의 고개가 상하로 한 번 움직였다. 선생님의 시선이 보현 언니와 나에게 꽂혔다. 이내 선생님은 까딱이는 고개에 맞춰 입 모양으로 '원 투 쓰리 포'를 알려주셨다. 나는 선생님의 신호에 맞춰 연습한 대로 트라이앵글을 쳤다. 트라이앵글 소리와 함께 들어온 피아노 선율은 고요한 음악실을 휘감기 시작했다. 뒤따라 들리는 보현 언니의 캐스터네츠 소리와 건반 하나하나가 제자리로 올라올 때 덜컹이는 소리, 칠판 위 시계의 초침 흘러가는 소리는 제법 그럴싸한 반주를 만들어냈다. 선생님이 유민 언니와 눈을 맞췄다. 트라이앵글의 다섯 번째 울림에 유민 언니의 목소리가 올라탔다. 연하지만 알맹이 있는 소리였다. 언니는 눈 마주친 선생님을 향해 옅은 미소를 보이다 악기 보관실 쪽으로 시선을 고정시켰다. 그러더니 두 손을 배에다 가지런히 모은 후 온 힘을 다해 부르기 시작했다.

창문을 부술 듯한 햇살이 우리의 발을 방지턱 삼아 반대편 벽까지 손을 뻗자 음악실은 하나의 커다란 하프가 된다. 나풀거리는 커튼 뒤 몸 숨긴 초록 나무, 그 위의 푸른 하늘, 그 가운데 뭉게구름이 여름내 솔솔 풍기며 춤을 춘다. 눈물 나게 평화로운 바깥 풍경에 시선을 잠깐 빼앗긴 유민 언니의 목소리가 불안정하게 흔들린다. 그러나 언니는 노래를 멈추지 않는다. 두 눈을 감고, 두 주먹을 쥐고, 코를 먹으면서까지 가사를 읊는다. 딸꾹질에 들썩이는 어깨와 막히는 목에도, 숨넘어갈 듯한 호흡에도 죽을힘을 다해 부른다. 언니의 볼을 타고 흘러내리는 눈물이, 목덜미 부근의 금발이 햇빛 받아 반짝거린다. 새하얀 손등으로 여러 번 닦아도 이미 한 번 터진 눈물은 햇빛과 쉴 틈 없이 교류하며 커다란 빛을 낳는다. 그보다 반짝이는 태수 언니와의 기억들로 가득한 악기 보관실에 그녀의 모든 게 쏟아진다. 태수 언니에게 닿아야만 할 열여섯의 아우성은 가끔 어긋나는 음정에도 아랑곳 않고 힘차게 뻗어나간다.

    매일 세상이 쥐여주던 어둠 끝에
    홀로 숨죽여 울고 있던 너를
    안아주지 못한 날 용서해
    어린 아픔 나의 사랑 이젠 안녕

    너만의 미소는 나를 피워내던
    봄날이었어
    겨울이 온대도 너를 떠올리면
    시들지 않아

    하루 또 하루 지나가도 보고 싶을
    너의 모든 걸 잊지 않을 거야

다음에도 만나자 약속해
어린 아픈 나의 사랑 이젠 안녕

어린 아픈 나의 사랑 이젠 안녕

* * *

D+10

「태수야. 네가 세상을 떠난 지 벌써 한 달이 다 되어가. 그곳의 날씨는 어때? 이곳은 기말고사가 끝난 지 오래고, 여름의 햇살은 쨍쨍을 넘어선 쨩쨩이야. 그래서 체육시간에도 교실에서 자습할 때가 많아졌어. 네가 있었다면 체육선생님한테 엄청난 항의를 해대서 결국에는 야외 수업을 만들어냈을 텐데, 그치? 이렇듯 나는 '하태수라면 이렇게 했을 텐데'라는 상상이 하루의 반 이상이야. 그만큼 네가 그립고 보고 싶어. 언니로서 모범을 보여야 하는데 요즈음 애들 앞에서 울 때가 많아. 뭐라는 하지 마. 네가 먼저 너 때문에 우는 건 괜찮다고 했으니까 나도 안 참고 그냥 우는 거야. 나는 울면서도 이렇게 버젓이 살아있어. 힘들다고 혼자 냉큼 떠난 누구랑은 다르게 말야.

저번에 왔을 때는 납골당 계약자가 아니면 유리문을 개방할 수 없다고 하더라고? 오늘은 어머니랑 같이 와서 유리문을 열 수 있게 됐어. 어머니는 매일 널 찾아오신대. 널 많이 그리워하고, 보다 많이 후회하고 계셔. 이제 와서 무슨 소용이냐 싶지? 나도 그래. 그치만 네 성격상 어머니 걱정을 안 할 리가 없잖아. 내가 너 대신 옆에서 잘 다독여드리고 있으니까 걱정 마. 무튼, 드디어 이걸 너한테 준다. 같이 키우던 토마토 잊은 건 아니지? 오가 제일 잘 자라고 있더라. 주인 닮아서 키가 제일 빨리 커. 보현이, 소하랑 같이 보고 막 웃으면서 준비한 거니까 너도 웃으면서 받아 줘. 넌 우리가 이렇게 해 줄 거라 미리 예상하고 편지를 넣어둔 거지? 하여튼 너는 날 너무 잘 알아. 물은 어머니랑 내가 번갈아서 줄게. 이것도 걱정 마.

자몽살구클럽은 네가 없다고 사라지지 않아.

네가 그걸 원하고 떠난 게 아닐 테니까. 나의 20일은 무사히 잘 흘러갔어. 나 완전 강하지. 칭찬 많이 해줘. 내일부터는 소하의 20일이 새로 흘러갈 거야. 무슨 일이 있더라도 소하를 반드시 살려낼게. 하태수라면 이렇게 했을 테니까. 무슨 수를 써서라도 살려 볼게. 자꾸 걱정하지 말라는 말만 하는 것 같은데 진짜 걱정 마.

그리고 다음 생에도 나 꼭 만나. 네 말대로 태어나는 순간부터 죽는 순간까지. 또 환생하는 순간까지도. 언제나 함께하자. 미워하지 말아 달라는 말에는 대답 못 하겠다. 왜냐하면 나는 널 단 한 번도 미워한 적 없었으니까. 그러니까 이제는 모든 걱정 다 털어내. 아무 생각 없이 거기서 잘 살아봐. 평소처럼 예쁘게 웃으면서 거기 있는 여자들도 어디 한번 잘 꼬셔 봐라. 나는 이왕 이렇게 된 거 200살까지 살다가 갈게. 대신 꼬부랑 할머니 돼서 가도 나 알아봐 줘야 해. 알겠지?

너에게 하고 싶은 말은 평생 줄어들지 않을 거야. 너를 생각하는 날들도 마찬가지일 거야.

나는 너를 너무너무 사랑했고, 지금도 너무너무 사랑하고, 앞으로는 너무너무너무 사랑할 거야. 네 소원대로 잘 먹고 잘 살다가 이 마음을 주체할 수 없을 때면 당장 달려올게. 그럴 때면 나를 꼭 안아줘야 해.

    태수야.

    그동안 고생 많았어. 고마워. 미안해.

    푹 자.

    악몽은 더 이상 꾸지 마.」

05 나는 살구 싶다

D-20

"…."

"…."

"…."

여름방학식까지 정확히 이십 일이 남은 이 시점에서 내가 살아남으려면. 언니들이 나를 살리려면. 나는 지금 당장 입을 벌려 내가 죽고 싶은 이유를 얘기해야만 한다.

말은 쉽다. 엄마가 사라진 후부터 지금까지 쭉 벙어리처럼 살아왔던 나에겐 결코 쉬운 일이 아니다. 가늠할 수 없을 정도로 깊은 결핍과 우울을 대체 어디서부터 어디까지 말해야 언니들이 날 포기하지 않을까? 어디까지 솔직하게 털어야 비로소 내 마음이 가벼워질까? 도통 답을 모르겠다. 그래서 이렇게 입술만 씹어대고 있다. 언니들은 삼십 분 동안 나의 고백을 기다리다 하품 몇 번이고 해댔다. 보다 못한 유민 언니가 한마디 뱉는다.

"말하기 좀 그래?"

"생각 정리가 좀 필요해서…."

"생각 정리는 필요 없어. 우리는 뭐 생각 정리하고 말했겠어? 그냥 머리를 채우고 있는 모든 생각을 털어내야만 해. 우리는 그 생각들에서 널 살릴 방법을 찾는 거야."

유민 언니의 말은 틀린 것 하나 없었다. 이 악기 보관실에서는 솔직해지는 게 규칙이다. 보현 언니도, 유민 언니도 필터 하나 거치지 않고 본인의 마음을 털어냈기 때문에 살아남은 거니까. 태수 언니를 살려내지 못했다는 죄책감을 조금이라도 덜어내기 위해서는 마지막 순서인 나를 어떻게든 살려내야 하니까. 결국에는 다 나를 위한 거니까.

입을 열었다. 나는 기억이 가물가물한 여덟 살 때부터 불과 어제까지의 일들을 마구 쏟아내기 시작했다. 간혹 뇌주름을 스쳐가는 장면들이 잔인해서 숨을 크게 골라야 했지만. 바닥에 얼굴을 처박아 몇 번이고 내 신세를 탓해야 했지만. 언니들은 한 시간 동안 나의 얘기를 들어 주고, 어깨를 토닥여 주고, 이마를 털어내 주고, 눈물을 닦아 주었다.

"살구 싶다, 살구 싶다, 살구 싶다!"

여느 때와 다름없이 음악실을 몰래 빠져나오며 생각했다. 나는 이십 일이라는 시간 동안 살아도 되는 사람의 타이틀을 쟁취할 수 있을까? 행복하게 오래오래 살아남아도 괜찮은 사람이 될 수 있을까? 생존에도 자격증이 필요한 세상은 역시 대답해 주지 않았다. 그저 여름이란 단어 아래 묵묵히 익어갈 뿐이었다.

* * *

D-18

엄마가 내 곁에 있던 옛 겨울에는 집 화장실에서 목욕하는 데에 큰 어려움이 있었다. 보일러를 아무리 빵빵하게 튼다 해도 낡은 집의 온수 시스템은 제대로 작동되지 않는 날이 대다수였다. 그래서 날이 추워질 때면 나는 엄마 손을 잡고 동네 목욕탕을 갔었다. 오래된 목욕탕이라도 가격이 꽤 돼서 삼 주에 한 번씩만 갈 수 있던 것으로 기억한다. 그래도 나는 엄마와 단둘이 있는 시간이 늘어난다는 이유 하나로 겨울을 제일 좋아했다. 내가 며칠 만에 더러워지면 목욕탕을 빨리 갈 수 있겠다 싶어 몰래 집 앞 흙탕물 위를 굴러본 적도 있었다.

　엄마와 목욕탕을 가면 모든 아줌마들이 우리를 쳐다봤다. 바가지로 아무리 숨긴다 해도 쩔수 없이 드러나는 엄마의 몸은 젖소처럼 얼룩덜룩한 피멍이 많았다. 엄마의 피멍은 늘어나면 늘어났지 사라진 적은 없었다. 뼈가 다 드러난 몸으로 어린 딸을 씻기는 젊은 여자는 목욕탕 아줌마들 사이에서 매우 흥미로운 이야깃거리였다. 엄마를 에워싼 부정적인 소문들은 탕 내부 수증기같이 피어올랐고 끝내 엄마는 '남편한테 가정폭력 당하는 불쌍한 아가씨'가 되어있었다. 일부러 들으라는 식으로 왁자지껄 떠들던 아줌마들이 미워서 눈을 부라린 적 많았다. 그러다 고개 돌리면 이 앙 다물고 때 벗기는 일에만 집중하는 엄마가 있었다. 굽은 등 위로 안쓰럽게 도드라지는 척추뼈를 나는 지금까지도 잊지 못한다.

그래서 여기 와 있다. 엄마의 그 앙상했던 모습을 아직까지 기억하는 단골손님이 한 명은 있지 않을까? 그 기억들을 증거 삼아 꼬리에 꼬리를 물다 보면 엄마의 행방을 알아낼 수 있지 않을까? 모 아니면 도 심정으로 몇 년 만에 언니들과 찾아와 있는 것이다. 목욕탕은 벽돌 틈마다 때 탄 것 이외엔 달라진 게 없었다. 비용과 수건을 맞바꿔 주는 아주머니도, 아줌마들이 다리 올려 수다 떨던 탈의실 평상도, 얼굴에 올리는 오이와 할머니들의 홍삼 샴푸가 뒤섞인 습한 냄새도 그대로였다.

나는 엄마를 기억할 만한 어른을 찾아내야 했다. 언니들과 평상에 앉아 여러 아줌마들의 얼굴을 떠올리려 노력했지만 그들의 뽀글거리는 머리 스타일 외에는 세심하게 묘사할 수 있는 게 없었다. 관자놀이를 지압하며 기억을 되살리던 중 목욕탕 문이 열렸다. 시야를 흐리는 수증기가 탈의실을 덮치듯 들어섰다. 그 사이로 머리를 탈탈 털며 걸어 나오는 아줌마의 얼굴은 어딘가 낯익었다. 그녀의 왼쪽 볼에 위치한 큰 점을 마주한 순간, 잃어버렸던 퍼즐 조각이 다시 손에 쥐어진 듯한 느낌을 받았다. 옷을 먼저 갈아입은 내가 평상에 앉아 엄마를 기다리고 있을 때 뚱뚱한 바나나우유 하나를 손에 꼭 쥐여주던 아줌마였다. 아줌마의 푸근한 사투리는 첫 만남 때부터 살갑게 다가왔다. 또래들과 달리 엄마를 얌전히 기다리는 내가 너무 예쁘고 기특하다며 덜 마른 머리를 쓰다듬어주셨다. 아줌마는 다른 아줌마들처럼 엄마의 흉을 보지 않았다. 오히려 엄마의 옆자리로 와 노망난 할매들 얘기는 그냥 귓등으로 흘려들으라는 조언을 해 주셨다. 목욕탕에 들어서기만 하면 아무 말 없던 엄마도 유일하게 경계 풀어 몇 마디 주고받던 어른이었다. 몇 년이 지나 있어도 아줌마의 머리는 그때처럼 새까맣고 빠글빠글했다. 미용실을 다녀오신 지 얼마 되지 않아 보였다. 나도 모르게 평상에서 벌떡 일어나 아줌마를 뚫어지게 쳐다봤다. 물기를 닦아내던 아줌마도 나를 빤히 바라보더니 토끼 눈 되셨다. 수건 쥐고 있던 손으로 나를 가리키며 말씀하셨다.

"너 그. 그그…. 그때 그 꼬마 아니여? 젊은 아가씨 손 꼬옥 잡고 오던 꼬마 걔. 걔 아니여?"

나의 꼬마 시절을 기억하는 어른을 막상 마주하게 되자 입이 쉽게 떨어지지 않았다. 놀란 마음과 더불어 엄마를 진짜 만날 수 있겠다는 희망이 샘솟는 것 같았다. 아줌마는 나의 두 손을 모아 꽉 그러쥐시더니 활짝 웃으셨다.

"아이구, 너무 많이 컸네. 몰라뵐 뻔했다야. 엄마는 왜 오늘 같이 안 왔어. 아무래도 여름에는 오기 좀 글치?"

"아, 그…."

"느 엄마는 재작년 겨울에 함 봤고. 작년 겨울에도 함 봤는디? 너는 뭣 한답시고 같이 안 오고 먼 길을 이래 혼자 왔어. 여 친구들이랑 오랜만에 지지러 왔댜?"

"… 작년 겨울이요?"

"아니 왜애. 엄마 혼자 왔길래 이제 애 학교 보내고 혼자 때 뱃기러 왔나 보다 했제. 느이 경기도 쪽으로 이사 갔담서?"

"…."

170

"예전보다 살도 붙고 해서 드뎌 살맛 나는갑다 했제. 거서는 잘 지내고 있고? 너무 예쁘게 컸구마잉. 엄마야, 나 눈물 날라 그르네…."

아줌마의 대답에 나는 어떠한 표정도 지을 수 없었다. 남에게 듣는 엄마의 소식은 생각보다 최근 일들이었다. 뼈밖에 없던 엄마는 요새 들어 살이 조금 붙었고 경기도로 이사를 갔다고 한다. 경기도에서 이 먼 동네 목욕탕까지 찾아와 때를 벗기면서도 나를 보러 오지는 않았다.

그런 엄마를 내가 지금 찾아다녀도 되나?

나의 혼란스러운 마음을 눈치챈 보현 언니가 말없이 등을 살살 쓰다듬었다. 유민 언니는 나 대신 아줌마에게 이것저것 여쭸다.

"혹시 이 친구 엄마가 정확히 경기도 어디 쪽으로 갔는지 알 수 있을까요?"

"응? 시흥 아파트 단지에서 뭐 쪼매난 까페 한담서. 은행동? 거기 내 아는 사람들 많이 가서 아는데 살기는 좋다드라. 근디 야한테 물으면 될 걸 왜 나한테 물어?"

"아파트 단지 이름은요?"

"아유, 그까지는 모르지. 내도 이 기억력 한계라는 게 있는디. 거까지는 듣지도 못했어야."

경기도 시흥시 은행동. 어느 아파트인지는 알 수 없어도 엄마는 분명 그 동네에서 카페를 운영하고 있다. 적어도 하루 꼬박 태워 돌아다니다 보면 엄마를 찾을 수 있을 거라는 확신이 생겼다. 길어지던 아줌마의 말이 끝나자 우리 셋은 나가자는 신호를 주고받았다. 몇 초라도 빨리 엄마를 찾기 위함이었다. 신발 신던 우리를 아줌마가 급히 불러 세웠다. 아줌마는 각자의 손에 바나나우유를 하나씩 쥐여주셨다.

"올만에 들고 가. 요번 겨울에는 꼬옥 엄마랑 같이 오고. 응?"

* * *

D-14

우리나라에는 쓸데없이 카페가 많다. 시흥시 은행동에 있는 카페들만 검색해도 수백 개가 넘었지만, 다행히 목욕탕에서 마주했던 아줌마의 증언으로 후보군을 줄일 수 있었다. 아파트 단지에 위치한 카페들을 일일이 찾아가 염탐하는 게, 끝내 엄마를 발견하는 게 결코 쉬운 일은 아니라는 걸 알고 있다. 그치만 나는 언제 죽을지 모르는 이 세상에 태어나게 한 엄마가 보고 싶었다. 떠돌이 강아지처럼 은행동을 배회할 두 다리보다 엄마를 못 볼 미래가 더 아플 것 같았다.

우리 셋은 혼신의 환자 연기 끝에 조퇴증을 얻어냈다. 시흥을 가려면 버스를 한 시간 조금 안 되게 타야 하는데 모든 수업을 끝내고 간다면 카페 문은 닫혀 있을 확률이 높았기 때문이다. 남들 공부하는 대낮에 학교를 이탈하는 행위는 소위 말하는 불량소녀들이 된 것 같아 괜히 가슴이 두근거렸다. 불과 두 달 전만 해도 보현 언니와 걷던 하굣길에는 시원한 바람이 불었는데 지금은 숨이 턱 막히는 여름바람이 얼굴을 뭉그러뜨렸다. 오래 걷지 않아도 목 뒤와 팔뚝에 땀이 맺혔고 주변을 날아다니는 모기를 손으로 쫓아내는 횟수가 잦아졌다. 그래도 오늘은 짜증이 나지 않았다. 설렘이 큰 나머지 여름의 깡패짓을 온몸으로 받아들일 수 있었다. 나무에 달라붙은 매미 한 마리가 울기 시작하자 다른 매미들도 합창하듯 울어젖혔다. 짝을 찾기 위한 수컷 매미들의 우렁찬 구애를 방해하지 않으려는 심산으로 우리는 정류장까지 뛰어갔다. 접지를 뻔한 발목에도 아랑곳 않고 달렸다. 엄마를 빨리 만나고 싶었다.

버스 창밖의 풍경은 눈에 담기 힘들 정도로 빠르게 지나갔다. 엄마의 새 안식처와 가까워질수록 내 머릿속은 온갖 망상들로 채워졌다. 엄마와 눈이 마주친다면? 인사를 먼저 해야 하나? 엄마가 먼저 아는 체할 때까지 가만히 기다리는 게 나을까? 혹시 엄마가 나를 쌩 지나친다면? 불러 세워도 되는 건가? 나도 못 본 척 같이 지나치는 게 맞는 거겠지? 만약 오늘 못 찾으면 어떡하지? 내일 조퇴증 또 끊으면 의심할 것 같은데. 나는 무한한 질문들이 알맞은 대답을 끌어안기도 전에 도착한 버스에서 내려야만 했다.

정류장에 무사히 내린 우리 앞으로 유아차 한

대가 스쳐 지나갔다. 유아차에는 몇 없는 머리카락이 쫄딱 젖어버린 아기가 타고 있었다. 불그스름한 두 뺨이 오동통한 게 귀여워 웃음이 났다. 유아차를 끄는 키 큰 남자는 손수건으로 이마를 거칠게 닦다가도 아기의 상태를 세심히 살피며 그늘을 찾았다. 그 눈빛은 다정한 아버지임을 증명하고 있었다. 아빠로부터 발생한 결핍이 아기를 향한 질투로 옮겨 가는 게 싫었지만 유아차 안의 아기가 부러운 건 어쩔 수 없는 나였다. 앙심을 품지 않으려 애서 고개를 반대편으로 돌렸다. 돌린 시야에는 폰 화면을 살피는 유민 언니가 들어왔다. 언니는 지도 앱에 미리 저장했던 아파트 단지들을 하나 둘 체크하며 말했다.

"정류장으로 다시 돌아오는 것까지 생각하면 제일 가까운 아파트 단지부터 둘러보는 게 맞는 것 같아."

인도 위 개화하는 아지랑이가 발목을 감쌌다. 이마로 모자라 종아리에까지 땀방울이 맺혔다. 그래도 걸음을 멈출 수 없었다. 몇십 년 묵은 그리움, 슬픔, 오해, 원망이 한 번에 해소될 시간이 코앞으로 다가왔으니 이깟 더위쯤은 아무것도 아니었다.

  엄마가 운영하는 카페의 분위기가 궁금했다. 아기자기한 분위기로 나 같은 학생들의 관심을 몽땅 받아내는 카페일까? 반려동물 출입을 허용해 사랑스러운 강아지들이 모임 갖는 카페일까? 커피와 쿠키가 맛있다고 동네에서 소문난 카페일까? 그 카페에 이만큼 자란 내가 들어가면 엄마는 어떤 반응을 보일까? 양팔 벌려 나를 안아줄까? 그때는 나를 떠날 사정이 있었다고. 그때 그랬으면 안 되는 거였다고. 나를 버린 게 절대 아니었다며 사과할까? 나는 그런 엄마를 용서할 수 있을까? 엄마를 용서하면 여기서 함께 살 수 있을까?

  머리통을 부풀리던 기대들은 갑자기 걸음을 멈춘 보현 언니에 의해 전부 삭제되었다. 나는 보현 언니의 시선이 닿는 곳으로 고개를 돌렸다. 자유롭게 뛰어다니는 아이들 사이로 보이는 카페 하나. 깔끔한 수박색 폰트로 적힌 'cafe

109'은 새하얀 외부 인테리어와 잘 어울렸다. 따가운 햇빛을 가려 주는 처마 역시 하얀색으로 칠해져 아파트 단지 내 모든 화사함을 끌어당겼다. 처마 아래에는 평화로운 동네를 구경하며 커피를 마실 수 있는 원목 테이블과 의자가 놓여있었다. 거리를 도배하는 먹음직스러운 베이커리 냄새의 근원지인 듯했다. 문을 열고 나온 여자가 카페 앞을 서성이는 아이들에게 쿠키를 나눠주기 시작한다. 명랑한 목소리로 감사합니다, 외쳐대는 아이들에게 꼭꼭 씹어 먹으라는 다정한 조언까지 해 주는 여자.

 엄마였다. 목소리부터 걸음걸이까지 죄다 엄마의 것이었다. 몇 년 만에 보는 엄마의 얼굴은 패인 곳 없이 간 달걀처럼 매끈했다. 부기가 가라앉을 새 없던 두 눈은 깊은 아이홀이 자리 잡혀 고상한 눈웃음을 만들어냈다. 태수 언니보다 예쁜 미소를 가진 사람이 있을 리 없다 생각했는데 엄마는 내 생각을 단번에 깨부수는 사람이었다. 피멍으로 얼룩덜룩하던 팔은 흉터 하나 없이 살이 올라 시원한 반팔 차림에도 부끄러워

177

할 필요가 없어 보였다. 엄마는 예전 같지 않았다. 칙칙했던 과거에서 완벽하게 벗어나 잘나가는 'cafe 109'의 사장이 되어있었다.

뜨겁게 달궈진 도로 위로 심장이 턱 떨어지는 느낌이었다. 그토록 그리워하고, 원망하고, 보고 싶던 엄마가 횡단보도 하나 건너면 있었다. 당장이라도 심장을 주워 가슴에 꽂아 넣은 뒤 달려가고 싶었다.

"어머니 맞아?"

"응! 틀림없어. 우리 엄마야."

"너무 예쁘시다. 김소하 엄마 유전 그대로 물려받았네."

예상보다 빠르게 찾은 엄마에 들뜬 유민 언니가 나의 어깨를 와락 껴안아 흔들었다. 축하해 주는 언니의 품속에서 두근거리는 가슴을 부여잡고 웃다가 보현 언니와 눈이 마주쳤다. 보현 언니의 표정이 심상치 않았다. 평소라면 사르르 접혀 있을 두 눈이 어디 하나 고장이라도 난 듯 다시 카페 쪽을 주시할 뿐이었다. 이상해진 분위기에 나와 유민 언니도 시선을 따랐다.

아까 종착역에서 봤던 키 큰 남자가 엄마의 카페 앞에서 걸음을 멈추었다. 남자는 엄마의 카페 앞에다 유아차를 세운 뒤 아이를 품에 안았다. 엄마는 남자와 아기를 발견하고는 화사한 웃음을 머금은 채 카페에서 나왔다. 엄마가 남자에게 입을 맞췄다. 사랑스레 든 엄마의 까치발이 위태로워지자 남자가 한 팔로 엄마의 허리를 감쌌다. 콧등을 비비며 큭큭대던 남자는 아기를 엄마의 품으로 넘겨주었다. 엄마는 아기의 젖은 앞머리를 뒤로 삭 넘기다 내가 귀여워했던 그 두 볼에 입술을 맞댔다. 입술을 떼지 않고 고개를 좌우로 흔들어대자 아기가 팔을 위아래로 움직이며 꺄르르 웃었다. 엄마와 아기를 눈에 담으며 미소 짓던 남자는 엄마의 어깨에 손을 올리고는 카페 안으로 함께 들어갔다.

아까 미처 줍지 못했던 심장을 덤프트럭이 밟고 지나간 것 같았다. 타이어에 너덜너덜 달라붙은 심장 쪼가리들이 사방으로 굴러다니는 것 같았다. 나의 심장, 나의 삶이 이십 초 만에 흔적도 없이 사라져버렸다. 나의 호흡은 끊어져

버렸다. 나는 아무것도 볼 수 없고, 아무것도 들을 수 없었다. 아무런 말도 뱉을 수 없고, 아무런 행동도 할 수 없었다. 모든 세포가 터지고 모든 혈관이 끊긴 나의 몸은 현미경으로도 관찰할 수 없는 무생물로 변질되어 빠르게 소멸되기를 기도했다. 보고 싶다는 마음 자체가 죄악이란 걸 몰랐던 내가. 그렇게 언니들이 보는 앞에서 또 한 번 버림받은 내가. 죽고 싶을 만큼 비참하고 쪽팔렸다.

나는 엄마의 행복에 영원히 접목될 수 없는 존재. 키 큰 남자의 유전을 물려받지 못한 존재. 엄마의 사랑을 갓난 아기에게 뺏기는 존재. 살아보려 해도 죽음의 늪을 빠져나갈 수 없는 존재. 참으로 불행한 존재. 죽어도 되는 게 아니라 죽어야 하는 존재.

내 존재의 형용사들은 지독히 어둠만을 쫓았다.

땡볕 아래 있어도 어두웠다. 점심을 먹지도 않았는데 속이 더부룩했다. 반복되는 헛구역질에 윗배가 당겼다. 치솟는 위액이 두 다리와 나의 희망을 바닥으로 끌어내렸다.

기억나지 않는다. 언니들이 나의 양쪽 팔을 붙잡고 정류장까지 한참 걸어온 것도. 돌아오는 광역버스 창문에 머리 처박고 오열한 것도. 서울 정류장에 내리자마자 오바이트를 한 것도. 보현 언니의 크로스백에 있던 티슈를 다 써버린 것도. 기억나지 않았으면 했다. 엄마의 인생에서 내가 지워진 것처럼. 내 인생에서 오늘이 지워졌으면 했다.

그래야 내가 오늘밤 자살하지 않을 것 같았다.

***

D-9

세상은 늘 그래왔듯 잔인했다. 매일 밤마다 몰래 자살을 계획하는 나를 말리지 않았다. 그렇다고 부추기지도 않았다. 서두르지도 지각하지도 않는 세상의 시간은 나의 닷새를 단숨에 뺏어갔다. 시흥에서의 일을 함께 겪었던 유민 언니와 보현 언니는 하루 사이에 내가 싸늘한 시체로 발견될까 등교 시간부터 쉬는 시간까지 내 반을 교대로 찾아왔다. 구석에 처박혀 있는지 없는지도 모르는 찐따를 매일 찾아오는 선배들이 반 친구들은 의아할 수 있겠지만, 우리에게 그들의 시선은 중요하지 않았다. 우리는 남은 구 일 동안 어떻게든 나를 살려내야만 했다. 그것은 자몽살구클럽 부원들로서 반드시 수행해야 하는 마지막 임무였다.

사람은 참 간사하다. 죽고 싶을 때는 당장 눈 뒤집고 혀 깨물다가도 언제 그랬냐는 듯 밤 호수처럼 잔잔해질 때가 있다. 나에게는 지금이 그 순간이다. 아무렇지 않게 편의점에서 저녁 메뉴를 고민하는 순간. 언제 또 버튼 눌러 '쉽게 죽는 법'을 검색하게 될지 모르는 순간. 주변 사람들도 같이 살얼음판 위를 지나는 듯한 지금 이 순간.

구 일이 지나면 다 괜찮아질 것이다. 그럴 거라 믿는다. 보현 언니가 그랬던 것처럼. 유민 언니가 그랬던 것처럼. 나도. 살아남을 수 있을 거라 믿는다. 딱 구 일만 버티면 살아갈 이유가 생길 거라 믿는다. 죽을 마음은 작아지고 살아낼 마음은 커질 거라 믿는다. 살고 싶은 욕망이 태수 언니의 교과서를 집어삼키던 불길처럼 뜨거워질 거라 믿는다. 불신 가득한 세계에서 주어 없는 믿음이 얼마나 바보 같은 짓인지 잘 안다. 바보는 후회도, 미련도 없다. 그러므로 바보는 죽고 싶을 때 후회 없이, 미련 없이 죽을 수 있다. 그래서 믿는 거다. 바보처럼. 아무것도 가진 것 없는 상태에서 아무거나 믿어보는 거다. 지푸라기 잡는 심정으로 믿어보는 거다. 입맛 없어도 품에다 컵라면 하나 안아 집 걸어가는 거다. 남은 한 손으로 낡아빠진 현관문을 아무런 의심 없이 여는 거다.

그런데 바보는 폭력으로부터 저항할 힘도 없다. 이 시간에는 없어야 할 아빠의 신발이 현관문에 버젓이 있어도 도망칠 힘이 없다.

아빠는 사태를 파악하려던 나의 머리채를 우악스럽게 쥐어 안으로 끌고 들어갔다. 제대로 벗지 못해 발등에 걸쳐진 신발이 금세 거실을 더럽혔다. 그건 아무래도 상관없는 듯했다. 내가 집에 들어오기만을 기다린 듯한 아빠는 거실 한가운데 날 내팽개쳤다. 엉망이 된 머리채를 다시 붙잡아 올리더니 다부진 주먹을 내 얼굴에 내리꽂았다. 코 뼈가 으스러지는 느낌에 첫 발부터 눈물이 줄줄 새기 시작했다. 아빠는 살려달라는 소리를 낼 틈조차 주지 않았다. 뭐 때문에 이렇게 화가 난 건지 설명도 해 주지 않았다. 그저 투박한 주먹질을 몇 번이고 반복했다. 쌍코피가 터졌다. 입술 사이를 비집고 들어오는 핏물은 냄새부터 비렸다. 호흡을 확보하기 위해 급하게 삼킨 핏물이 기도를 타고 들어갔다. 조그마한 운마저 따라 주지 않았다. 폐를 찌르는 고통에 헛기침이 나올 때마다 피가 스프레이처럼 흩뿌려졌다. 붉게 물든 거실 바닥에 고꾸라져 몸으로 항복을 표현할 때에도 그의 화는 풀리지 않았다. 아빠의 발이 배에 무자비하게 꽂혔다. 간혹 딱딱한 발등이 갈비뼈 부근에 꽂힐 때면 처음 보는 모양의 스파크가 눈앞에서 팍 튀었다. 바닥 위를 휘두르는 아빠의 발에서는 쉰내가 났다. 채광 하나 없는 집에서 돌린 빨래라면 피할 수 없는 이 냄새는 내 교복에서도 똑같이 났다. 아빠가 싫었다. 근데 쉰내로 묶인 가족력을 부정할 수 없는 내가 더 싫었다. 맞고 있는 동안에는 이대로 눈 감는 게 차라리 나을 거라고, 자살보다는 타살로 죽는 게 쉬울 거라고 생각했다. 아빠의 발이 내 심장에 꽂혀 심장마비로 죽을 수 있기를 바라기까지 했다. 어느새 나는 진짜 바보가 되어있었다.

그러나 세상은 늘 그래왔듯 잔인했다.

한 번만 더 처맞으면 죽을 수 있었는데 아빠는 그 한 번을 채워 주지 않았다. 아빠는 바닥에 널브러진 나를 시뻘게진 얼굴로 내려보며 한참 씩씩대더니 중얼거렸다.

"감히 내 술을 마음대로 가져가? 이 미친년. 커서 뭐 될는지. 이 개씨발년…."

* * *

D-8

떠지지 않는 두 눈을 가져도 깊은 잠에 드는 건 불가능했다. 야구공만큼 부푼 눈두덩이 아래에는 눈물이 흐르지 못하고 고여 자꾸만 따끔거렸다. 휴지로 살살 닦아내면 피 섞인 진물이 끝도 없이 나왔다. 온몸이 토막 난 듯 쑤셨고, 마녀처럼 휘어버린 코는 손을 댈 수조차 없었다.

나는 몸보다도 마음이 아팠다. 피 섞인 딸보다 한 병의 술을 더 소중히 여기는 아빠가 혐오스러웠다. 그런 아빠의 행동이 새삼스럽지 않다는 점은 나를 더 비참하게 만들었다. 어린 내가 잠든 척했던 이 좁은 방 밖에서 엄마는 똑같이 처맞았을 것이고, 똑같이 잠 못 들었을 것이고, 똑같이 아빠를 증오했을 것이다. 다시 한번 말하지만 엄마가 떠난 건 내 잘못이 아니다. 오롯이 아빠 잘못이다. 나는 아빠 때문에 엄마를 잃었다. 아빠만 아니었어도 엄마와 떨어질 일 없었다. 시흥에서 행복해하는 엄마의 옆에는 키 큰 남자와 갓난 아기 대신 내가 있을 수 있었다. 나의 과거, 나의 현재, 나의 미래를 모조리 망치는 아빠를 향한 분노는 새벽이 무르익을수록 겉잡을 수 없이 커져만 갔다. 나는 곰팡이 번진 천장을 바라보며 해서는 안 될 생각을 했고, 세워서는 안 될 계획을 세웠다.

누워있던 자리에서 몸을 일으켰다. 앞이 잘 보이지 않았지만 두려움은 없었다. 벽을 더듬어 방 밖으로 걸음을 옮겼다. 거실 바닥에 퍼질러 자고 있는 아빠가 욱신거리는 시야에 들어섰다. 몸의 방향을 부엌으로 틀었다. 도착한 싱크대 아래 서랍을 열어 식칼을 꺼냈다. 오른쪽 다리를 괴롭히는 경련에도 계획을 실행시키기 위해 열심히 절뚝였다.

내가 많이 지쳤고, 아프고, 힘들다는 건 나도 안다. 태수 언니, 유민 언니, 보현 언니도 안다. 그러나 우리가 사는 세상은 '네 명이나'가 아닌 '고작 네 명'이 되어버리는 곳이며, '고작 네 명'을 위한 미래 따위는 고려되지 않는다. 세상은 발악하는 우리의 눈 코 입을 베개로 지그시 눌러 아무도 모르게, 완전히 묵살시킬 뿐이다.

아빠 위로 올라타며 생각했다. 나는 이대로

살고 싶지 않다고. 묵살보다 더한 질식사가 오히려 마음 편할 거라고. 더 이상 잃을 것도 없는 내가 아빠의 가슴 정중앙에 식칼을 쑤셔 박은 건 이미 오래전부터 예견된 미래였을지도 모른다.

아빠의 입에서는 생전 처음 들어보는 괴성이 튀어나왔다. 눈이 번쩍 뜨인 아빠는 영화 속 괴물처럼 기괴하고도 요란한 비명을 토해내며 팔다리를 뒤틀었다. 판판한 살가죽에 수직으로 꽂은 식칼 주변에서는 검붉은 핏물이 질질 흘렀다. 버둥거리는 아빠의 얼굴에는 징그러운 핏줄들이 하나 둘 일어났다. 허공을 맴돌던 아빠의 오른손이 칼을 쥐고 있던 나의 두 손을 감쌌다. 아가리 벌려 숨 헐떡이는 아빠의 속에서는 썩은 알코올 향이 올라왔다. 세상의 무엇이 아빠를 알코올 중독자로 만들었는지에 대한 답을 연구하는 것은 더 이상 중요하지 않았다. 애초에 나의 생존을 위해 죽여야 하는 대상을 뒤늦게 알아보는 건 불필요했다.

두 손에 모든 체중을 실었다. 식칼은 아빠의

가슴팍을 더욱 깊숙이 파고 들어갔다. 귀 찢어지는 비명에 맞춰 벌어진 근육 틈에서는 피가 폭발한 화산처럼 마구 솟구쳤다. 아빠의 피는 잠옷으로 입는 하얀 나시로 모자라 나의 얼굴까지 덮쳐 왔다. 피 범벅이 된 얼굴을 닦고 싶다는 생각은 당장 들지 않았다. 이 고통스러운 순간이 빨리 끝나기를 바라며 연신 미끄러지는 손을 베이면서까지 아빠의 숨통을 끊어내는 데에 집중했다. 거실 바닥 위 스멀스멀 영역을 넓혀 가던 피는 새벽의 청빛과 뒤섞여 오묘한 보라색 깃발을 꽂았다.

짤막한 손톱으로 닿는 족족 긁어대던 아빠의 몸 떨림이 잦아들었다. 평소 무섭게 부라리던 눈에서 생기라고는 찾아볼 수 없었고, 턱 힘이 빠진 건지 서서히 벌어지는 입안에는 충치가 가득했다. 아빠는 아무런 저항 없이 초점 흐린 눈을 뜬 채 묵묵히 피를 쏟아냈다. 집에는 피비린내가 진동했다. 두 손을 떠난 식칼은 아빠의 가슴팍에 그대로 꽂혀 있었다. 금세 피가 굳어 당기는 얼굴을 손등으로 닦아냈다.

또다시 고요해진 새벽은 아침의 손을 잡으려 시간을 일으켰다. 밝아오는 바깥에 보라색으로 보이던 피가 본연의 색을 찾아갔다. 자리에서 일어나 살핀 열 손가락에는 고온의 점성이 묻어났다. 고개 들어 집 안을 훑었다. 발밑에 미동 하나 없는 아빠가 누워있는 것 하나만 뺀다면 모든 게 그대로였다.

아빠가 죽었다. 불과 몇 시간 전 본인 술값보다 못한 씨발년이 쓰러져 있던 거실 바닥에서 죽임을 당했다. 뭐든 이겨먹을 것 같던 아빠가 다른 세계로 가는 경계선을 이렇게 쉽게 뛰어넘을 줄 몰랐다. 아빠의 볼품없는 시체와 눈이 마주칠때면 호흡이 가빠지고 몸 구석구석이 가려워졌다. 울렁이는 속을 달랠 새 없이 시큼한 위액이 입 밖으로 터져 나왔다. 덜덜 떨리는 몸을 진정시키려 허벅지를 주먹으로 때리고 꼬집었다. 아침을 알리는 참새 소리가 경찰차 사이렌처럼 들렸다. 웅웅대는 귀를 틀어막고 눈물을 꼴깍꼴깍 삼켰다. 아무것도 듣지 않으려 소리를 지르기도 했다.

바뀌는 건 없었다. 내가 아빠를 죽인 건 변함없는 사실이었다. 내가 아빠를 죽였다. 내가 아빠를 죽여버렸다. 내가 아빠를 식칼 하나로 죽여버렸다. 방금까지만 해도 살아있던 아빠를 내가 죽였다. 말이 안 된다. 말이 되면 안 되는 거다. 내가 아빠를 죽였을 리 없다. 죽고 싶은 건 나인데 왜 아빠가 죽었지? 진짜 죽어야 할 건 아빠가 아니라 나였는데 왜? 이렇게 되어버리면 나는 어떡하라고?

연속되는 뒷걸음질의 끝은 현관문과의 접촉이었다. 등에 닿은 문은 싸늘하게 식어가는 아빠의 시체만큼 차가웠다. 아빠의 창백한 얼굴에 내리는 푸른빛은 그 어느 파란색보다 섬뜩했다.

나는 당장 이 집을 나가야 한다. 아무도 모르는 곳으로 도망쳐야 한다. 그곳이 어디인지 알 수 없어도 나는 가야 한다. 나는 무작정 달린다. 목적지 없는 뜀박질은 어느새 학교를 향해 있다. 나는 학교로 달린다. 음악실로 달린다. 악기보관실로 달린다.

한 걸음에 죽음 한 걸음에 삶

한 걸음에 죽음 한 걸음에 삶

죽음 삶 죽음 삶 죽음 삶 죽음 삶

내 이름을 제대로 알지도 못한 반 아이들과 선생님은 날 어떻게 생각할까? 언니들은 피로 뒤덮인 나를 보면 어떤 표정을 지을까? 아빠를 죽였다고 고백하면 나를 숨겨줄까? 아님 나를 경찰서에 신고할까? 하루 사이 살인자가 되어버린 나를 살리고 싶기는 할까? 지금까지 함께해 온 모든 기억들에서 나라는 존재를 지워버릴까? 그렇게 나를 자몽살구클럽에서 쫓아낼까? 태수 언니는 저 하늘에서 나를 어떤 눈으로 바라보고 있을까? 언니의 몫까지 열심히 살겠다고 다짐한 나에게 실망할까? 나의 토마토는 내가 주인이라는 이유로 피어나지 못할까? 그날 여름 내 어깨를 밀치고 도망치던 엄마는 이런 나를 칭찬해줄까? 끔찍하게 외로웠던 나를 이미 다 잊었을까? 엄마도 내가 죽기를 바랄까?

맨발로 뛰쳐나간 거리도 어제와 다를 것 하나 없었다. 잔인한 세상은 또 한 바퀴 돌아 오늘을 무사히 찾아와 있었다. 기어오르는 아침 햇살의 따스한 기운을 받아낸 눈물이 들끓었다. 나는 쏟아지는 눈물을 여름 하늘에 제물로 바쳐 기도했다.

살구 싶다
살구 싶다
살구 싶나
살아도 되나
누가 좀 알려 주세요
제발 저 좀 살려주세요
저는 어쩔 수 없었어요
살려면 어쩔 수 없었어요
죄송해요
제가 다 잘못했어요
살고 싶어요
살고 싶어요
제가 감히
살구 싶다를
외쳐도 되나요

아무나 알려 주세요
제발요

저를

살려 주세요

외전　　　　　　　　**작가의 말**

부끄럽지만 이 소설과 함께하는 동안 많이 울었습니다. 자몽살구클럽 친구들이 우리 동네에 사는 아이들처럼 느껴져 가슴이 더 아팠달까요? 저는 자몽살구클럽의 부원들이 이 책 속에 갇힌 가상 인물들이라 생각되지 않습니다. 이 글을 쓰는 동안에도, 당신이 이 글을 읽는 동안에도 지금 어디선가는 수천 명의 태수가 죽음을 다짐하고 있을 거라 생각합니다.

〈자몽살구클럽〉은 우리의 곁을 이미 떠나버린 태수들과 가정폭력에 시달리는 소하들, 꿈을 망설이는 보현이들과 꿈이 없는 유민들. 이 아이들이 무사히 자라날 수 있는 세상을 만들고 싶다는 마음, 그렇게 좋은 어른이 되고 싶다는 마음에서 시작된 책입니다. (당신의 마음도 저와 같아졌을까요?) 이 책을 기획하고, 쓰고, 퇴고한 시간을 다 합치면 일 년이 조금 되지 않네요. 버킷리스트 중 하나였던 소설 집필을 이렇게 빨리 실현시키게 될 줄은 상상도 못했습니다... 그렇기에 여러모로 부족한 글이지만, 부디 흥미롭게 읽으셨기를 바랍니다.

　무모한 도전 같았던 소설 제작에 큰 힘과 용기를 주신 원호 대표님, 병찬 이사님, 태윤 실장님! 언제나 고맙고 사랑합니다.

　이 책을 그 누구보다 진심으로 대하며 앨범 작업을 함께해 준 광빈 씨! 정말 고마워요. 당신은 천재예요.

　저의 첫 책을 아름답게 디자인 해 주신 현진 작가님! 한로로의 여러 처음들을 함께해 온 것에 큰 감동을 느낍니다. 늘 감사합니다.

　내가 소하 같을 때도, 유민이 같을 때도, 보현이 같을 때도, 태수 같을 때도 변함없이 나를 지켜주고 사랑해 준 우리 가족! 제일 사랑하고 고맙습니다.

　구구절절한 외전까지 읽어 주신 상냥한 독자

님들! 여러분은 제가 만든 자몽살구클럽의 든든한 부원들이자 제가 최선을 다해 살아가려는 소중한 이유들입니다. 감사합니다. 사랑합니다.

이 책이 나온 시점에서 약 한 달 뒤 발매될 저의 세 번째 EP [자몽살구클럽]! 책의 몇몇 장면들이 스쳐 지나가는 앨범일 거예요. (어떤 장면인지 찾아보는 재미가 있을 것 같지 않나요?) 아무쪼록 시간 날 때 즐겁게 들어 주신다면 정말 감사하겠습니다.

마지막으로, 우리도 같이 외쳐볼까요? 아이들이 이토록 발악하게 만든 세상을 향해.

살구 싶다!
살구 싶다!
살구 싶다!